废墟里的向日葵
IN THE RUINS
GROWTH
夜的第七梦 著
时代出版传媒股份有限公司
安徽文艺出版社

图书在版编目（C I P）数据

废墟里的向日葵 / 夜的第七梦著. -- 合肥 : 安徽文艺出版社, 2024. 10. -- ISBN 978-7-5396-7405-6
Ⅰ. I247.7
中国国家版本馆 CIP 数据核字第 2024E0Y674 号

废墟里的向日葵
FEIXU LI DE XIANGRIKUI

出 版 人：姚　巍
总 策 划：宏泰恒信　　特约编辑：连　慧
责任编辑：柯　谐　　装帧设计：Laberay 淮

出版发行：安徽文艺出版社　www.awpub.com
地　　址：合肥市翡翠路 1118 号　邮政编码：230071
营 销 部：(0551)63533889
印　　制：天津鸿彬印刷有限公司 (022)22523308

开本：787×1092　1/32　印张：8　字数：210 千字
版次：2024 年 10 月第 1 版
印次：2024 年 10 月第 1 次印刷
定价：58.00 元

哪怕我注定普通，我也要膨胀再膨胀。

就算最后我仍是宇宙里的一粒尘埃，我也竭尽所能过，我不后悔。

序言

读书时代，相信你们都写过一篇作文，题目为《我的梦想》。

那时尚且稚嫩的我写将来想当一名作家，然而此后多年，我上大学、读研、工作，却唯独没有成为一名作家。

我换了身份，从学生变成了职员，从孩子变成了妈妈。

其间陆陆续续提笔又放弃，我几乎忘了最初写在作文中的梦想。

直到 2018 年的一天，中午休息时，相交多年的好友问我："你现在还写文吗？我推荐你去一个网站吧。"

那之后，我重新敲起了键盘。

恰逢我刚刚怀上孩子，不太能适应"母亲"这个新身份，柴米油盐的重担压得我喘不过气来。写作于我而言，是补贴家用的手段，是内心宣泄的通道，亦是逃离世俗的途径。

夜深人静时，我创造人物，为他们注入灵魂，书写他们的精彩人生，也好似自己一次又一次经历着完全不同的生活。

那时我的精神是自由的，感觉自己像是没有束缚的小鸟。

后来生活上有了寄托，经济也得到改善，头顶的云彩也变得斑斓。但除了天马行空的幻想之外，我想写点有意义的东西，写点不仅能感动自己，也能感动、激励他人的文章。

因此，才有了这部小说集。

这里的大多数故事都是有原型的，为了寻找灵感，我曾几度跟朋友们聊到深夜。

她们说得最多的就是“我那么普通，有什么好写的呢”。

可这世上本身就是普通女孩居多，她们是你的同学、闺密、同事，还有马路上擦肩而过的陌生女孩。

她们那么平凡，就像绿化带上盛开的花毛茛，你叫不出它们的学名，但它们随处可见，仿佛唾手可得。

可你不知道的是——她们出生在废墟里，人生本该是一摊烂泥，却咬紧牙关，倾尽全力，最后扎根于都市，成了你眼底不起眼的风景。

渺小而平凡的她们，也是自己的英雄啊！我希望你们也能从她们的身上得到力量。

如果现在的生活不尽如你意，别抱怨。学习会让你充实，梦想会让你发光。从现在开始，一点点地变好。

或许需要三五年，又或者更长的时间。

当你回头去看，你会发现，原来不知不觉，自己已经站在了人生的高处。

我们很难做芸芸众生中最出彩的那个，但我们绝对能做一个每天都在超越自己的、最特别的普通人。

谨以此文，与君共勉。

目 录

contents

不死蒲公英

你们知道以前在农村没有儿子的家庭有多惨吗？

村里议事，爸爸没有发言的份儿。年夜饭，妈妈不能上桌。就连兄弟分家，我们也只能分到年久失修、四处漏雨的土坯房。

直到我五岁时，妈妈再度怀孕……

01

妈妈生我时流了很多血，差点没挺过去，之后几年都没有再怀上。村里的接生婆说，多半是伤了身子，以后不会再有孩子了。

跟大伯分家那年我四岁。

当时爸爸很生气："建新房时我出了大半的钱和力，凭什么只能分到土坯房？"

大娘掀开衣服给堂弟喂奶："你们没儿子，要那么大的房子干吗？你看我家三个都是小子，以后讨媳妇得要地方住啊！"

奶奶附和道："丫头片子迟早要嫁人的，你往后还要靠侄子养老！"

爸爸的精气神一下就断了。

现在听起来很可笑是不是？可侄子是自家的，女儿是别家的，这样的想法在当时很是寻常。

爸爸从堂屋出来，低着头坐在院子里的大石头上。

月光很亮，在他身侧拉出一团浓浓的阴影。

我走过去，从背后环住他的脖子："爸爸，我以后会给你和妈妈养老的。"

他拍拍我的手背，声音哽咽道："好，夏夏真乖。"

最后我们还是搬去了土坯房。家里的老黄牛和犁田工具全给了大伯，我们只分到了一台快散架的脚踩打稻机。

搬家那天晚上，妈妈在灶下试了好多次，火就是点不起来。这房子还是太爷爷建的，用的是黄泥砖，屋顶盖的是茅草，长期无人居住，屋子里的潮气一时半会儿根本散不掉。

一盒火柴用尽，妈妈突然捂着脸，肩膀不断地耸动。

爸爸把挑来的水倒进破口的水缸里，沉默着走到她身边。妈妈抱着他的腰，哇的一声哭了出来。

那一夜，我睡在北厢房的床上，寒风从四面八方的缝隙里往我身上戳。我蜷缩在硬邦邦的棉被里，暗暗祈祷：让妈妈生个弟弟吧。这样她跟爸爸应该就不会那么难过了。

或许是我的祈祷被老天爷听到了，妈妈很快怀孕了。

村里人人都说，妈妈肚子尖尖的，又爱吃酸，怀的一定是个儿子。

爸爸嘴里说着儿子、女儿都一样，晚饭时却跟妈妈说："张大头邀我明年一起去打工，说那边机会多。干个几年存点钱，咱们家也盖个楼房，不然以后讨不到儿媳妇的。"

奶奶送来了两只下蛋鸡，叮嘱我："夏夏，鸡蛋是给妈妈肚子里的弟弟吃的，你不能贪嘴，知道吧？"

村子里的婆娘问我："夏夏，你是想要个弟弟，还是想要个妹妹？”

我毫不犹豫道：“弟弟！”

婆娘们哈哈大笑：“有了弟弟，你爸妈就不会爱你喽。”

听到这句话我更着急了：“才不会呢，我永远是爸妈的宝贝。”

婆娘们笑得更大声，全然不觉得那些话会让一个四五岁的孩子多么惶恐。

那时已经实行计划生育了，但是政策规定的是：如果你是农村户口，头胎是女孩，可以再生一个。

日子一到，妈妈发动了，她疼了一天都没生出来。

第二天天还没亮，奶奶就去找村里的屠夫砍了一大块肥猪肉，还提了一根猪棒骨。等她提了肉回来，妈妈生了，是个妹妹！

奶奶拎着那一袋肉站在院子里，接生婆招呼她：“进去看看孙女呗，又白又胖！”

她把棒骨留下，肉全提走了：“不看了，老大家的几个小子还等着我做早饭呢！”

那时日子苦，没油水，家家户户爱吃肥肉，骨头反而卖得便宜。

我进屋去看妹妹。她皱巴巴，脸红通通的，像个小老头一样，根本不是接生婆说的白白胖胖。

妈妈虚弱地躺在床上，盯着茅草屋顶，眼泪从眼角淌下来。

爸爸抽着烟：“莫哭了，生都生了。”

妈妈生孩子正赶上秋收，爷爷奶奶在大伯家忙得热火朝天，爸爸和我也忙着收稻子。

妈妈在床上躺了三天，就下地给我们做饭了，因此身体也落下毛病，一到下雨天就浑身疼。

那年过年，城里的两个姑姑也回来吃年夜饭。大娘陪着姑姑们搓麻将，妹妹饿得嗷嗷哭。妈妈在烟熏火燎的厨房里，跟奶奶一起准备年夜饭。

忙了一下午，总算做好了，妈妈才得空给妹妹喂奶，喂完发现，桌上根本没有她的位置。

爸爸和二堂哥正要下桌，奶奶制止说：“搞那么麻烦干吗？我们就在厨房吃吧。”

太欺负人了。

我拽着爸妈想要回家。

妈妈一边抱着啼哭不止的妹妹，一边拍着我的头说：“小孩子知道什么？吃饭。”

那晚从大伯家离开时，大娘笑着朝妈妈心窝里扎刀子：“弟妹，其实你比我轻松多了。你都不知道，养三个儿子有多累。”

那一晚，没有月光。大年三十，家家户户亮了灯，暗沉的黄光落满乡间的泥泞路。

我轻声问爸妈为什么要忍。

爸爸语气烦躁地说：“你个小孩子懂什么！”

妈妈的脸浸在阴影里，说道：“谁叫我生不出儿子。”

他们不相信，我会给他们养老。爸爸也不去打工了，因为没儿子，所以家里也没必要盖新房，得过且过吧。

都说乡下民风淳朴，可若是这些人扎起刀子来，比谁都狠。不知从哪天起，爸爸多了个外号，叫张骡子。骡子，是马和驴杂交的品种，是不能繁育后代的。

村里修族谱需要出钱，有人笑着提议道：“张骡子家就不用了吧？人家没儿子，还要他出这钱，太欺负人了。”

爸爸闷不吭声。妈妈只敢在家里哽咽抱怨，在外却堆起笑脸，不敢反驳。

我改变不了他们，只能让自己变强。他们叫爸爸张骡子，我就骂他们全家都是骡子。堂哥欺负我和妹妹，我用牙咬，用脚踢，哪怕自己鼻青脸肿，也要从他们身上撕下一块肉。

奶奶把我家刚孵出的鸡崽抓走，说是替我们养着。可我知道，养着养着，就是大伯家的了。我一路追出去，把鸡崽抢了回来。

大娘把黄牛拴在我家地边，黄牛把一整块地的刚长出的空心菜吃得干干净净，她还假惺惺说不是故意的。我把她家菜园子门打开，把鸡全放了进去，把她一园子菜都给啄没了，气得她叉着腰骂娘。

我跟她对骂："你下次再敢吃我家菜，我拿镰刀把你田里的秧全给你割了。"

渐渐地，我在村里恶名昭彰。

那些大娘、婶子总是规劝我："你没有哥哥、弟弟，脾气这么大，以后到了婆家没人给你撑腰的。"

妈妈看着我也叹气："就她这样，还不一定能嫁得出去！"

可是妈妈，我只是……在保护你，保护这个家。

一转眼，妹妹该上学前班了。

这天，发生了两件影响我人生的大事。

一是妹妹上学前班第一天，老师教数数，不过三遍，妹妹就能把一到一百数出来。代课老师就是村里的，见到妈妈就夸赞："你家秋秋比夏夏聪明多了。"

二是同族的八大伯诊断出了胃癌，那时没有医保，对于农村的人来说，得了癌症就等于被判了死刑。然而没想到八大伯的读了中专、在城里工作的女儿，竟将八大伯送去医院，做手术割掉了大半个胃，八大伯活了下来，还跟村里人谈论在城里住院的趣事。

那天从八大伯家回来，妈妈拽住要出门打扑克的爸爸说："建军，秋秋这么聪明，咱们只要好好培养她，不会比儿子差呀！”

有了这个信念，爸爸妈妈重新焕发生机。本来他们对我和妹妹是一样的，但从那天开始，妹妹就获得了更多的偏爱。

如果只有一个鸡腿，那一定属于她。她不想在家吃早饭，妈妈会给她五毛钱买玉米糕，我只有生病了，才会有这样的待遇。每到过年，妹妹一定会有一身新衣，而我都是穿两个姑姑扒拉回来的旧衣服。双抢秋收，妹妹不用去地里。

妈妈说：“你这双手是用来写字的，这些活儿用不上你。秋秋，你一定要好好学习，给咱们家争口气。”

妹妹的确很聪明，一直是班级第一，每学期都能拿奖状。那时候的奖状，含金量比现在高很多。不得不说，学习这个事，很大一部分靠天分。

我比妹妹要努力数倍。我每天晚上十一点睡，早上五点就起。骑车去学校的路上，我会背十个英语单词。到了周末，我去山上砍竹子、采蘑菇、摘茶叶、捡茶籽，把卖的钱攒起来，用来买课外习题册。

那时学校是联排的旱厕，有次蹲厕所时我带着数学试卷，等解开那道题，发现腿已经蹲麻了，差点一脚踩到堆积的粪山上。

我一直秉承“笨鸟先飞”，可效果并不明显。虽然不愿承认，可我就是人群里普普通通的那一个，是电视剧里的背景板，是小说里的路人甲，是同学聚会里的“那个谁来着”。

妈妈一直在我耳边念叨：“夏夏，你是姐姐，你一定要护着妹妹，支持妹妹。”

不用你反复叮嘱，妈妈。从妹妹出生那一刻，我就在保护她呀。

很快几年过去，我参加了中考。成绩还没出来，村里的香香就邀我去打工。

她满脸憧憬道："在厂里，一个月能挣八百块钱呢！我可以买漂亮的裙子，我还想烫头发。"

盛夏酷热，大娘坐在大枫树下摇着蒲扇对我妈说："夏夏能去赚钱给秋秋出学费了，你们夫妻俩就要轻松多了。"

妈妈露出了笑脸："是啊，现在就看秋秋的了。"

我一拖再拖，总算到了出成绩那天。火辣辣的夏天，我的手脚却凉得像冰。纵使我已经倾尽全力，离一中的分数线还是差了九分。

只差九分……如果我再努力一点，如果我多做几套卷子，如果我每场考试都认真检查……我的人生，是不是就会不一样？

二中的录取通知书寄到了家里。

那天晚上，昏黄的灯光下，妈妈看着通知书叹气："夏夏，这二中每年没几个考上大学的呀。秋秋今年上五年级，我跟你爸爸想明年送她去县城读初中，可那是一笔不小的开销……你们两个要是一起读，我跟你爸爸……唉……"

白炽灯接触不良，刺啦刺啦的声音如锯齿一样在我心底反复切割。爸妈无声地看着我，等着我自己说出"那算了，我不读了"这句话。

妹妹天真无邪地说："姐姐想读高中就去读呗，我在乡里念初中也是一样的。"

爸爸斥责她："你知道什么？乡里跟城里能一样吗？"

漫长的沉默后，我捏紧拳头开口："那我不读高中了。"

"班主任说，我这个成绩如果去念中专的话，能免学费。"我近乎哀求，"爸、妈，等中专毕业，我肯定把这三年花的钱赚给你们。"

如今再回顾这一段，我能理解爸妈当时的抉择。家里资源只有这么多，要供给更能出头的那个。我这样普通的女孩，注定是要被放弃的。可若是有机会穿越回去，我一定撒泼打滚，跪地哀求，竭尽所能也要去念高中。

奶奶和大娘都斥责我：“你怎么就不能体谅下你爸妈？村里其他姑娘都去打工了，你成绩不行还要接着念书，有个屁用！”

村里的婆娘们也劝爸妈：“现在中专又不包分配了，读了也没什么大用，要是个儿子也就罢了，一个女儿，你花这么多钱干吗？！”

“让她早点去打工给你们盖个房子，你们现在这土砖屋不知道什么时候就塌了。”

开学前，妈妈给我生活费时一再叮嘱：“我们供你不容易，你可要省着点花。”

02

中专在市里，跟乡下的消费全然不同。一个月两百块钱，堪堪够吃饭。

那时网络已经兴起，我申请了社交账号。

我跟香香在网络上聊天，她说：“流水线上的活儿不是人干的，一天工作十二个小时，一个月就放四天假，要是没完成任务还得扣钱。每天对着那些零件，我都快疯了。夏夏，还是读书好。我们对面有家外企，那些白领穿着高跟鞋、涂着口红坐在办公室里，别提多轻松。”

那会儿韩剧正流行，我选的专业是商务韩语。我给自己定了一个目标：我一定要进外企，要去格子间上班。虽然不像初中那么拼命，但我也没有懈怠，一直好好努力。

室友们去网吧，都是打游戏、追剧，我一般都是去查资料，或者是跟着韩剧练口语。

我每天六点准时起床，跑步、吃早饭、上自习，然后去上课。没课时，我除了做兼职，其他时间基本都在图书馆。我看了很多书，那时小，没办法很好地辨别和选择，就囫囵吞枣地全塞下去。

我们学校风气不好，没几个人学习，男男女女都染着流行的“杀马特”发型，只要不出什么大事，老师根本不管。

为了节省路费，我平时不回家。每次给妈妈打电话，她总是反复叮嘱：“在学校千万别惹事，钱要省着点花，我跟你爸爸赚钱不容易。”

我极少买新衣服，永远只有两件内衣换着穿，化妆品这些更是不碰。跟室友出门，花两块钱点最便宜的柠檬水，我都会有负罪感。

是的，妈妈的叮嘱，让我花每一分钱都有负罪感。

很多年以后，我自己能赚钱了，但逛街时，我第一件事就是看价格。哪怕我能买得起那件衣服，可依然没有足够的底气。

贫穷，被牢牢刻在我的骨子里。我花了很长很长时间，一点点消磨它的烙印。但是，我一生都会受其影响。

高年级有个很帅的男生赵亮喜欢我，追了我两个多月，天天买了吃的在楼下等我。室友们都劝我从了他。

“他那么帅，听说家里还挺有钱的。”

“对你也不错，试试看嘛。”

我拒绝了。

抽烟喝酒打架，在十五六岁姑娘的眼里是有个性、帅气，可我不喜欢。

大概一个月后吧，赵亮谈了个女友，居然是隔壁一所大学的学姐。他带着学姐招摇过市，好多男生夸他有本事，他还特意来我面前炫耀。

晚上卧谈会，室友们愤愤不平："这才多久，就喜欢别人了。"

"我看那女的也不怎么样，比我们大了三四岁，而且还不如夏夏你漂亮。"

…………

一顿讨伐后，宿舍长轻轻说："可她是师大的，正经的大学生呢。"

一时间，宿舍寂静无声。那时我们已经明白，早就有一道看不见的鸿沟，将我们与她们划开。那些男生个个羡慕赵亮，是因为他越过学历这道沟，牵住了对面人的手。

妹妹通过了县初中的考试，爸妈在县城租了个小房子陪读。这件事在村里掀起了轩然大波。

奶奶捣着拐杖咒骂："一对女娃，你们费那么多工夫，就是给别人家花钱！有那钱你帮衬一下自家侄子，别到时候死了都没人给摔盆。"

村民们也是明里暗里地嘲笑，说爸妈还不如招个上门女婿。

妈妈憋着一口气，让妹妹一定要争气，又跟我说："你也要好好读书，等你实习了，爸妈的负担就轻点。"

那会儿小县城的机会并不多。爸妈推着车子卖炒粉，有时会被城管驱赶，赚的钱也就刚刚够一家人花销。

中专是三年制，头两年在学校。从第二学年暑假开始实习，学校统一安排去流水线。我拒绝了，决定跟几个平时一起坚持学习的同学自己去找工作。

这两年来，我的成绩一直名列前茅，也参加过几个竞赛，拿过奖。我有筹码。我给自己买了一套职业装，又让室友给我化了妆。

那天天气很好，出门时霞光万丈，是个好兆头。

我带着简历，满怀信心与希望，去参加一家外企的面试，居然碰到了师大的那个学姐，她也在面试者之列。

我有一瞬的心慌，很快又镇定下来。她天天逃课，跑我们学校来玩。而我，一直是认认真真学习的。

等待面试时，我一遍遍地在心里复习韩语的自我介绍，力求无懈可击。

终于，面试官出现了。她将收上去的简历迅速扫一眼，然后分成左右两边。

“李琳、张开、李碧、郑夏夏……”叫到了我的名字，我迅速站起，做好战斗的准备。

然而人事经理的下一句话，如一瓢冰水兜头泼下。

“……你们跟着刘工，去工厂那边。剩下的，可以留下复试。”

怎么会这样？

我往前一步，激动地问：“经理，为什么呀？你看看我的简历，我成绩很好的，我还拿过很多奖，我的口语也不错……”

她瞥了一眼简历，淡淡道：“但你是中专学历，我们办公室最低要求本科。如果你特别优秀，专科我也能为你争取……”

她顿了顿，道：“中专，实在太低了……”

我从希望的高台坠落，摔得遍体鳞伤，耳朵嗡嗡轰鸣，模糊间听到她说：“你跟着刘工去，到时候表现好，提你做组长。”

学姐进入了复试。她跟着人事经理离开时，意味深长地看了我一眼。

那天回来，下了暴雨。我被淋成了落汤鸡，在大雨里号啕大哭。

为什么我这么努力，还是拿不到那块敲门砖？

我不甘心，又去试过很多公司。无一例外，都被拒绝。

有家公司说得很直接：“鸡头和凤尾放在一起，我们照样会挑凤尾。”

爸妈得知后，劝我道：“大家都这样，慢慢来，有工作能赚钱就行。”

大娘还在一旁嘲讽：“早就说过了，如今的中专毕业证没什么用了，你这书是白读了。”

如果我的命运注定是流水线，那我这两年的努力，真的是白费了吗？

室友看我情绪不对，拉着我去看电影。电影票是优惠活动价，五块钱买的。

在电影院门口，我遇到了学姐。她的打扮跟从前全然不同，身上散发出一种职业女性的气息。

她朝我笑：“我跟赵亮分手了，我跟他终究不是一个世界的人。”

“你要是想追上我，”她晃了晃手里的咖啡，“那就先考个大学吧，中专生！”

考大学。

我还可以考大学吗？

我很迷茫，正好家里双抢，于是我回了老家。我遇到了香香，她怀孕了，三天后办婚礼。可明明还有两个月，她才满十八岁。

婚礼那天我去了，她挺着大肚子，一头黑发乱糟糟地盘在头顶，红色的纱裙高高隆起，劣质的口红被茶水洇开，嘴角漫出一片红。

我问她：“你老公对你好吗？”

她托着沉甸甸的肚子，笑了笑：“他跟我一个厂子，稀里糊涂就睡在一起了，现在孩子都有了，有什么好不好的？”

“你那时不是说要染头发吗？”

“他不让，说蓬头散发的像坐台小姐。”

吃完酒席出来，下雨了。夏日的暴雨狠狠拍打在我脸上，我顶着风雨，越走越快。

我好害怕，香香的现在，会是我的未来吗？如果我屈服于命运，变成流水线上的一颗螺丝，是不是不久后，也会挺着肚子回来，就此嫁人，然后糊里糊涂过一辈子？

我踩着泥泞到了家，推开嘎吱作响的院门，吼道："爸、妈，我想考大学！"

堂屋里坐着很多人。爸妈应该是刚从田里回来，腿上还有泥浆。

爷爷奶奶、大伯和大娘，还有一对陌生的母子也在。那对母子，是大娘娘家的远亲。儿子有二十四了，看着傻愣愣的。在乡下，这个年纪是大龄男青年了。大娘想撮合我们。

奶奶听到我说要考大学的话，把我臭骂一顿，说我脑子烧坏了。

大娘打圆场："夏夏，你刚才是不是喝酒了？说什么胡话呢？我这外甥家里条件好得很，刚起的楼房。你是我亲侄女，有好事才想着你的。"

"对对对，彩礼我们能出三万！"一身绛色衣服的大姨笑道，"嫁妆你都不用准备。"

奶奶乐呵呵说："一看你就是个好人，以后一定会善待我孙女，我这孙女可能干呢……"

大姨上下打量我："就是瘦了点，到时候生孩子怕是要受罪。我家大强也不小了，我的意思是这个月十八号咱就先订婚，俩孩子一起去上班，培养感情，年底就把婚结了。"

那时乡下相亲，基本流程就是如此：订婚—一起去打工—打工期间怀孕—过年回来结婚。

妈妈讷讷道："夏夏还小呢。"

奶奶斥责："马上十八了，小什么小！"

爸爸抽着手卷烟，在奶奶凶狠的眼神里保持沉默。他们软弱，一贯如此。我想要的，只能我自己争取。

我唰地掀翻桌子，对着大娘凶道："他家条件这么好，要嫁你嫁！你要逼我，我就吊死在你家大门口，看以后谁还敢做你儿媳妇。"

这门婚事不了了之，大娘也在全村宣传我的恶劣行径，婆娘们都说我疯了。

"人家正经高中生，天天读书都考不上大学，她一个中专生做什么美梦呢！"

"还以为考大学是种白菜，撒上籽就能出苗呢！"

奶奶把妈妈骂得狗血淋头："嫁不嫁的由不得她，那可是三万块钱，拿了这笔钱，正好给你大哥把房子装修一下，大宝二十二岁了，早该说媳妇了。"

那天夜里，妈妈问我一个中专生怎么考大学。

我眼底燃起希望的光，迫不及待地说出自己的计划。复读学校可以接收我，隔壁县就有个挺有名的学校。

漫长的沉默后，妈妈问："那得多少学费？"

"一学期三千块钱。"复读学校是营利的，我这样的底子，即使交足全部的费用，他们都不太想收。

妈妈叹气道："这么多钱！"

那时候的三千块钱是什么概念呢？妈妈在街上卖铁板炒粉，一份就卖一块钱，除掉各种成本，一份大概赚三毛钱。

妈妈掏出一个铁皮盒子，在昏黄的灯光下，一张张地数皱巴巴的票子："这钱，本来是想给你妹妹报奥数班的，现在全给你也不够啊！"

她的手因为常年劳作，又黑又皱，眼角全是密密的皱纹，就这么静静地看着我。

两年多前，她也用这样的眼神让我退却，去念了中专。

我紧紧握着拳，抵制着内心的愧疚感，跪在爸妈面前。

“算我借的，以后我双倍——不，五倍十倍奉还，求求你们。”

求求你们，不要折断我梦想的翅膀。

求求你们，也看一看平凡却努力的我。

妹妹哭了：“妈，让姐姐读书吧，我可以不上补习班。我一定会拿年级第一的。”

一直沉默的爸爸把手上的烟掐灭：“就一年，要是不行，你就乖乖打工嫁人。”

03

夜里，妹妹跟我挤在一张小床上。她轻声说：“姐姐，我现在发现拿第一名不是那么简单的事了。”

我们生而是点，随后成圆。圆越大，就会发现外面的未知越多，就会知道，自己真的很渺小。有些人从此龟缩，做一个有限的球。

可我不！哪怕我注定普通，我也要膨胀再膨胀。就算最后我仍是宇宙里的一粒尘埃，我也竭尽所能过，我不后悔。

整整一周，我都被嘲笑和谩骂声包围。谩骂来自奶奶，说我蠢人多作怪，说我白日做梦，说我就没上大学的命。嘲笑来自村里的很多张嘴，他们已经定性了我的失败，劝我爸妈别白费钱，不如留着钱养老。

七月中旬，我告别妹妹和爸妈，去隔壁县读书。

妹妹在村口送我上车：“姐，你要加油！”

"秋秋，如果不想一辈子烂在这里，你也别松懈。你不知道我有多羡慕你有个聪明的脑袋。"

那一年，妹妹念初二，我相当于去念高三。

复读班并不好上。大家都念过高中，有基础，老师课上都在讲习题，我们这样的差生能不能跟上，不在他们的考虑范围。我是一张白纸，一开始就像是听天书。

爸妈只给了我学费。我每天给食堂阿姨刷几箩筐的碗，这样就可以免费混上三顿饭，一般是剩下什么我吃什么。后来阿姨看我干活儿卖力，会特意给我留鸡腿或是红烧肉。

"你还在长身体，天天吃剩饭剩菜可不行。"

我一顿能吃五两饭，那时根本不怕胖，只觉得怎么吃都不够。

晚上十点半，宿舍熄灯。

我拿着书在走廊上学，走廊里的灯是感应灯，没一会儿就灭了，必须来来回回走动。

夏天蚊子多得要命，花露水根本不管用。我又不敢大声拍，怕惊扰其他学生，只能拼命地蹬腿。一晚上下来，腿上全是包。

学校的气氛非常压抑。大家都埋头读书，鲜有交流。我有太多的不懂，可大家时间紧迫，都不愿意浪费时间帮一个零基础的人。

后来是班长江心看不下去，对我说："我教你！"

我总拿题目去找她，她语气也一直不太好。无所谓，我已经是经历过社会毒打的人，还怕这点脸色？不过相处久了，我发现她其实人很好，她把她高一、高二的笔记和习题册都借给了我。

那会儿用眼过度，我视力下降得很厉害，原本黑板上能看清楚的字，变得模糊不清。眼镜一百多块钱一副，我没钱，只能咬牙忍着。

我从班上的倒数第一，艰难地往上爬。无论我怎么祈求，时间也不曾为我慢一分钟。一学期很快过去，年前的最后一次月考，我考了班上倒数第十八名。

我看着成绩单笑，笑着笑着就哭了。三百多分，对于一般的高中生来说，或许是闭着眼睛就能拿到的分数吧。可只有我自己知道，这有多难。

那年大年三十晚上，爸爸推开我房间的门问我："你不出去看春晚吗？"

我叼着笔没有抬头，说："等会儿吧，我做完这道题。"

爸爸站在门口沉默了好一会儿，转身带上门出去。

外面的电视声音也变小了很多。

等我做完出去，大肚子的电视里正在唱《难忘今宵》。

大年初二，奶奶和大娘旧事重提，要给我说亲："这次虽然是二婚，但人家能出八万元彩礼，过了这村可就没这店了。"

爸爸难得硬气了一回："嫁人的事，等她考完再说吧。"

大娘翻白眼道："女孩子的青春就那么几年，要过了二十岁，就没这么好的行情了。你们夫妻俩不听劝，以后有你们后悔的。"

过完年已是二月，时间极度紧迫。我发现自己遇到了一个瓶颈，时间怎么也不够，无比焦虑。

食堂的阿姨不让我洗碗了，我有点慌，因为妈妈只给了我一百块钱生活费，根本撑不了一个月。

阿姨在围裙上擦擦手，朝我笑："你以后三顿都来吃，不收你钱。你专心学，我看好你。"

"谢谢阿姨！"

阿姨一愣，嘟哝着："还以为你会拒绝一下，我准备了好多话呢。"

我扑哧一笑，笑着笑着眼眶就红了，朝她深深鞠躬："谢谢！"

阿姨也红了眼，摆摆手背过身去："快学习去吧，我女儿当初要有你这么努力，砸锅卖铁我也供啊！"

江心也看出我的焦虑。这天晚自习之前，她拿了一张草稿纸，画了一棵大大的树。

"你把一个朝代的历史，想象成一棵树，年份就是主干，那些发生的各种事情，就是这树的枝丫，一点点把这棵树填满……记忆也是有技巧的，找到适合你自己的记忆方法……"

我的瓶颈被她敲开了，我摒弃了所有的杂念，没日没夜地学。

六月到了。宿舍楼下的小栀子花开了，暗香浮动。

高考的大车，滚滚而来。

六月六号那天吃过晚饭，江心拉着我去逛操场。夜色一点点笼罩下来，光线昏沉，她一半的脸都浸在阴影里。

"夏夏，如果今年考不上，你会再来一次吗？"

"我应该不会再有机会了。"我攥了攥手，"你别担心，你这次一定能考上。"

"可我想去的是复旦啊！"她突然拽住我的手，"走，咱们抓紧这最后的时间，再刷一套卷子。"

明天就要考试，很多人都选择放松，教室里没几个人。江心抽出一套数学密卷，撕成两半："咱们就做这个！我觉得这道题肯定会考！"

考试的每一秒都如此漫长而煎熬。

结束后，我感觉自己像是被掏空了，走路都轻飘飘的。

收拾好行李，我跟江心告别："谢谢你那天拉着我做卷子。"

她笑得很灿烂："我就说，那道题一定会考！"

爸爸为了供我们姐妹俩读书，现在在工地上班。妈妈则推着板车卖炒粉。

我放好行李去找她，她正好被城管驱赶。板车老旧沉重，她踩着踏板上坡时，身体站起，连头发丝似乎都在用力。我眼眶涩得厉害，快步跑上去顶住后面用力。

妈妈回头看到我，笑出一脸褶子："考完了？"

她没有问我考得怎么样，只在晚上给爸爸贴膏药时说："你要考大学，我跟你爸也供了，以后可不能怪我跟你爸偏心。等双抢完，你就去打工吧。"

原来他们从不认为我考得上。

出成绩那天，正好是奶奶生日。

妈妈清晨五点就起床，去菜场买了好些菜，坐最早的班车回家。她在厨房里忙得热火朝天，大娘在院门口边洗菜边唠嗑，一把芹菜洗了半小时。菜陆续上桌，妈妈还在厨房忙碌。

因为是大寿，来了不少亲朋，一共开了三个圆桌。大家都落座了，又没有妈妈的位置。

姑奶奶唤还在厨房忙碌的妈妈："桂花，别忙活了，来坐吧！"

奶奶敲着碗："别管她，她就那别扭性子，不爱上桌。"

妹妹看着墙上的挂钟，低声问："姐，十二点了，是不是可以查成绩了？"

没想到大娘听到了，她嗤笑道："有什么好查的？人家辛辛苦苦三年还不一定能考上，她本来就不聪明，只读了一年，能考上就怪了。你能考三百分不？"

亲戚们你一言我一语，说的都是丧气话。

舅爷爷更是斥责我爸："女娃就该早点嫁人，你由着她胡闹，浪费了多少钱！"

大娘笑得一身肥肉直抖："他没儿子，这也是没法子的事。"

奶奶板着脸说："你之前答应过，夏夏要是没考上，你那块宅基地就给大宝，可不许反悔。"

爸爸肩膀绷得紧紧的，把老旧的手机递给我："查查看吧。"

大娘嗑着瓜子，不怀好意道："夏夏，大家都很关心你，你开着免提查呗。"

我知道，我的成绩不只关系到我自己的未来，还有爸爸的面子、妈妈的腰杆和我们家一直没用上的宅基地。

我深吸一口气，拨通了查询电话，输入了那深深刻在脑子里的考号。

煎熬的等待后，机械的播报声响起：

"语文 121 分，数学 92 分，英语 105 分，文综 240 分，总分 548 分。"

那一年文科二本线是 523 分，一本线是 578 分。

我的手一直在抖，耳朵嗡嗡作响。我怀疑自己听错了，又按了一遍重复播报。吵吵闹闹的堂屋里此时安静了很多，只有机械的播报声在回荡冲击。

妹妹最先反应过来，她一把抱住我："姐，姐，你考上了，你考上二本了！你超了分数线 25 分，你太厉害了！"

爸爸眼睛红了，端起面前的酒一饮而尽，喃喃自语："考上了，还真的考上了……"

妈妈不知何时，已经靠在堂屋大门上。她背过身去用手抹着眼眶，抹着抹着就靠着门慢慢蹲了下来。

爸爸站起来走过去，她抱着爸爸的腿开始呜咽。爸爸拍拍她的肩膀："哭什么？这是好事。夏夏考上了，咱们以后也有盼头了。"

妹妹伸手擦我的脸，笑嘻嘻说："姐，你也莫哭了。"

我哭了吗？

我伸手一抹，脸上居然全是泪水。

548分，可能对于聪明的你们来说，真的不算什么，可我是平凡的郑夏夏呀。

从小到大，我倾尽全力也没拿过第一，我得到的奖状屈指可数。我永远也解不开数学试卷的最后一道题。我从来不是爸妈最重视的孩子，家族里没有人夸赞过我。

一年前，我被外企拒之门外。而此刻，我考上了。

虽然只是二本，可它，足以将我从淤泥一般的人生里拽出来。

大娘的筷子都快折断了，她皮笑肉不笑地道："考上二本，又不是重点本科，至于高兴成这样吗？"

我狠狠抹掉脸上的泪水："当然高兴，这不比三百分强多了？大哥、二哥连高中都没考上。弟弟马上也要中考了吧？"

堂弟一直拿着游戏机玩游戏，此时满脸不耐烦："别扯我，我可不是读书的料。"

大娘牙齿都咬碎了，一把抢过他手里的游戏机："你就不能上点心！"

堂弟开口道："你也没对我上心啊，小叔小婶为了夏姐和秋妹能去县城陪读，你倒也把我送去啊！"

大娘气死："就你三百分的成绩……"

"三百分怎么了？夏姐之前还考不了三百分呢！"堂弟踢掉椅子，"烦死了！"

奶奶颤巍巍站起来："三宝，你去哪儿？饭都没吃呢。"

"不吃了，气都气饱了。"堂弟一转身就没了影。

奶奶斥责大娘："你看看你干的好事，孩子饭都没吃就走了，难怪一直长不高。"

此时，妈妈已经平复好了情绪。

我把她拉过来，按在堂弟的位置："妈，坐下来吃饭吧。"

她擦了擦眼睛："还有个空心菜没炒呢！"

我睨了大娘一眼："让大娘去呗，你忙了这么久。"

大娘脸色一变，开口就要拒绝。

奶奶看向她："愣着干吗？去啊，客人们还等着呢！"

妈妈踏实坐下了，露出欣慰的笑容。我是老郑家第一个正经的大学生。在座的这么多亲戚，晚辈中最多也就是读大专。短短十几分钟，众人的口吻纷纷变了，恭喜和艳羡不绝于耳。

以往这样的聚会，生了三个儿子的大伯一家才是众人关注的焦点。

如今，注意力全在我家。

"建军，还是你有魄力，夏夏考上大学，秋秋也是板上钉钉的事。"

"两个女儿都是大学生，往后的日子不知多舒服哦！"

姑奶奶笑道："以后你逢年过节，这好酒喝不完咯。"

我们那边的习俗，逢年过节女婿是要给丈人送酒的。

表叔在一旁感慨："你没儿子，也不用赚聘礼，到时候收的彩礼钱不用贴补儿子，都可以自己留着。这么一想，我都恨不得自己多生几个女儿！"

"是啊，大学生女儿，这彩礼怎么着也得要八万十万的。"

我的笑容渐渐收了。听，多可怕！考上大学的女孩对这些人来说，价值就是可以收更高的彩礼。

有个堂伯叹气道："你们是不知道，现在结婚跟以前不一样咯，村里建的楼房看不上，得去城里买房！城里买房哪那么容易？要还三十年贷款，等我骨头都化成灰了，房贷也还不完！"

提到这个，大家纷纷吐苦水。

时代的确不一样了。如果在外面打工，能自己谈到对象还好；要是谈不到，靠相亲的话，各项开支巨大不说，很多女孩还要求在城里买房，不跟父母一起住。这对于赚钱门路不多的农村人来说，更是千难万难。

说到这，姑奶奶问大娘："不是说大宝谈了个女朋友吗？他也二十五了，你们得快着点啊。"

大娘脸色有些难看："分了。"

"好端端的，怎么分了？"

"长得太丑。"

姑姑蹙着眉："大嫂，那姑娘我见过，模样挺周正的。"

奶奶敲了敲碗："怪你大嫂，人家还没过门，她就拿起婆婆的架子，让人家洗碗做饭，活活把人姑娘气走了。

"现在大宝都两个月没打过电话回家了。"

一时间众人声讨不绝。大娘辩解几句，反而被指责得更凶。

直到表婶说起自己儿子的学习，众人的话题才转回爸妈身上。爸爸喝了不少酒，红光满面，眼眶潮湿，不知是酒精的作用，还是因为心情激动。

散了席，妈妈又想去厨房洗碗。

我一把拽住她："妈，菜是你买的、你烧的，碗就让大娘洗吧。"

我跟妹妹拖着她往回走。

大娘在背后喊："弟妹，弟妹，碗……"

妈妈深吸一口气，回头笑了笑："我有点喝醉了，碗你自己洗洗吧。"

出了大娘家的院子，妈妈脚步加快，走了几步，她突然哈哈大笑，笑着笑着，她又哭了。

她回头抱着我：“夏夏，夏夏，你真是给妈妈争气！妈妈总算挺直了一回腰杆。等秋秋考上大学，妈妈就能完全挺直腰杆了。”

我很想告诉她，妈妈，哪怕没有儿子，你也照样可以昂首挺胸。日子是自己过的，不必在意那些闲言碎语。

可我知道，她做不到，她摆脱不了从小刻在骨子里的观念。唯有我和妹妹一直向上，我们的优秀，才会是她的荣耀和底气。

04

乡下消息传得很快，当天晚上，村子里的人就都知道我考上大学了。大家都很吃惊，毕竟，我一直没有展露过什么学习的天赋。

爸爸双手插兜，从村头逛到村尾，回来时，从口袋里掏出十几根烟，都是别人给的。

妈妈去池塘里洗衣服，也成了婆娘们的焦点，好几天她的脸都红扑扑的。

填志愿时，我总算见到了江心：“你考得怎么样？”

“按比例的话比去年复旦录取线高了八分，应该是妥了，就是去不了我想去的专业。”

“那你……”

“那也要去！”她眼底光芒灼灼，“到了那儿再想办法吧。”

班主任单独找到我：“郑夏夏，如果再读一年，我觉得你应该能考上重点本科。”

再来一年，爸妈不会同意的。

我摇摇头：“就这样吧，我不读了。”

江心搂住我的肩：“别沮丧，你可以读研，以你的毅力，复旦都能上。我在复旦等你。”

我填了省会的一所二本，申请了助学贷款。爸妈以我为荣，我以为自己的人生翻开了新篇章。可其实，很多事情都没有改变。

暑假我帮妈妈一起炒粉，又找各种兼职。有次给一家新开业的店铺做玩偶，三十八摄氏度的天气，我穿着厚厚的玩偶服，一天下来整个人都虚脱了。回到家，发现水桶里泡着个西瓜，我拿了刀迫不及待要切开，妈妈回来了。

她拍我的手："等你妹妹放学一起吃吧，她一会儿从学校走回来，一定很热。"

"我现在就想吃。"

"就一个小时都等不了？"妈妈皱着眉，"你咋这么性急呢？"

她叨叨个不停。最后，在我的坚持下，她还是切开了那个西瓜。

等爸爸下工回来，她在饭桌上就这事又声讨了我一番。可是妈妈，如果是妹妹想吃，你会让她等一等还未回家的我吗？

很快就要开学了，妈妈给我数了五百块钱，两张一百，三张五十，剩下的就是一沓二十块的毛票。

她数了三遍："现在城管查得越来越严了，我生意不好做，你爸爸的包工头总是不结工资，钱你一定要省着点花。在外面老老实实的，不要惹事。"

把钱交到我手里时，她又抽回去一百，说："你暑假也做了不少兼职，身上应该还有钱吧？"

夜里，妹妹偷偷塞给我两百块钱，我问："你哪来的钱？"

"小姑每年过年都会偷偷给我一百块，我存的。"

看，聪明的孩子总是更招人喜欢，也会享有特权。

我说服自己不要在意，大学期间我可以做兼职，养活自己肯定没问题，但也不是那么容易。

省城大学很多，两所"985"院校，一所"211"院校。相比之下，我们一个小小二本简直不值一提。我去应聘家教，人家一听你学校名头，直接就拒绝。结果我只能周末去发发传单，或者去一些新开的店铺充人头。这种兼职不是常有，竞争激烈不说，中介还抽成不少。

后来阴差阳错，我找到了一家商务茶楼晚班的工作，从下午五点上到十一点半。

宿舍十一点门禁，我每个月都给宿管阿姨买点水果，有时还把茶楼里剩下的干净点心打包带给她，她便为我留门。

晚饭可以吃工作餐，又能省下一笔钱。

一开始是做普通的服务员，一个月一千二百元，很辛苦。后来我发现店里的茶艺师工资高，也轻松不少，于是我一有时间就去农业大学蹭课——他们开设了茶学的课程。

那时我真的像只陀螺，白天在我自己的大学和农大之间穿梭，晚上在茶楼上班，每天夜里十二点多上床，一闭眼就能睡着。睁开眼，我又是能量满满的斗士。

比起高考，茶艺师考试简单得多。我先考了中级，工资加了六百元；然后考了高级，工资又加了六百元。到了大一期末，我的基本工资已经有两千四百元。有些客人会买我推荐的茶，如此又能赚一笔。算下来，我每个月工资能有三千元左右。而那时，我们专业毕业的学长，每个月工资普遍在两千元出头。

那年，妹妹中考，考到了全县前三十名。省城的一所重点高中联系了爸妈，向妹妹抛出了橄榄枝。县一中为了留住人才，说可以免除学费和住宿费。

奶奶和大娘极力反对妹妹去省城："那还想什么？肯定是留在一中啊！"

"去省城读，学费、生活费，那得多大一笔开销，万一考不上，这钱不都白砸了吗？”

妹妹很想去。这几年，县里人才流失严重，很多老师被市里、省里的好学校挖走了，县一中的录取率在逐年下滑。

爸妈很犹豫，说到底还是钱。

我抽空回了一趟家，拿了五千块钱出来：“当然是来省城。起点越高，秋秋能跃上的台阶就越高，以后的人生都会不一样。”

我走了那么多弯路，就盼着妹妹能一帆风顺，避过任何错误的选择。

妈妈有点炫耀的意思，跟他们说我能出妹妹的学费。奶奶和大娘都惊住了。毕竟我还在念书，光靠点兼职，能赚几个钱？

隔天村里就有了流言，说我天天晚上在外面鬼混，赚的钱不干净。当晚吃过晚饭，妈妈期期艾艾道：“夏夏，你该不会真的在省城胡来吧？这么多钱，你一个学生，怎么赚得到呀！”

我气得脑子都快炸了，村里那些人胡说八道就算了，她可是我妈妈，怎么也这么怀疑我？我凶了她一回。

爸爸训我：“你妈也是担心你。读这么多书，就是教你冲爸妈发脾气的吗？”

转天我站在大娘院子外阴阳怪气地说：“我是上晚班，不是鬼混。有些人一辈子连县城都没出过，都不知道晚班是什么意思吧！有那时间到处碎嘴，不如好好赚钱给你儿子讨老婆。”

大娘差点被气死。

我劝爸妈去省城谋生，城市越大，机会越多。我们经理的朋友承包了一个大学食堂，正在招工。

可奶奶坚决反对，破口大骂。说爸爸是不孝子，白眼狼。说他是蠢货，为了两个反正要嫁出去的女儿，忙碌一辈子，到时候还是一场空。说他不顾宗族，几个侄儿到现在都没结婚，他也不出把力。

爸爸退缩了，说："算了，去了省城，家里的地就不能种了。

"反正你现在也大了，也有本事，以后秋秋读书的事你能搭把手，我跟你妈累了一辈子，也可以歇歇了。"

爸爸，我知道你跟妈妈很辛苦，可你今年不过四十多岁，而我还是在念书的学生呀。但我没法要求他们努力奋斗，只能鞭策自己。

也是那时我明白了，一个女孩，想要往上爬有多难。因为会有无数双手把你往下拽。那些本该支持你、鼓励你的亲人，有时却也会是最沉重的负累。

好在高中可以寄宿。周末放假的时候，我会乘车到河西，跟妹妹碰面。

大二专业课更多，我要备战全国高等学校英语专业四级考试，还要上班，比之前更忙。

大城市藏龙卧虎。期中考试，妹妹堪堪挤进年级前一百名。

那天，她的情绪格外低落："姐，我真的比以前更努力。"

我摸摸她的头说："你现在也能体会我的感觉了。"

"这就是普通人的人生啊。"我长长舒气，"没有东西是唾手可得的，我们必须足够努力、永不懈怠，不然就会泯然于众人。"

夕阳的余晖落在她年轻稚嫩的脸上。

我迎着落日的方向，说："秋秋，可这就是我们努力的意义啊！享受这份不断向上，努力突破自己极限的感觉。秋秋，我信你能做到。"

每一次突破，我们都会听见咔嚓咔嚓的声音，那是我们的破裂，更是我们的新生。

我们努力，是为了某天回头看时，能毫无愧疚地说："我竭尽全力了，我不后悔。”

那年冬天，发生了几件事。

香香离婚了，孩子留给了男方。她明明才二十岁，户口本上还显示未婚，可她却已经经历过一次无望的婚姻，整个人都枯萎了。

期末考试，妹妹进了年级前五十名。

大堂哥还是走上了相亲的路子，没房没车没稳定工作，被百般嫌弃。最后定了个比他大两岁的女人。对方要六万八的彩礼，还要三金。

大娘这次生怕再挑三拣四，儿子打光棍儿。双方定了正月初六订婚，处上一年，年底结婚。

我讨厌大娘，也不喜欢大堂哥。他要结婚就结婚，我也不能拦着，反正也影响不到我。但我还是太天真了。

大年三十，我们一起聚在大伯家吃年夜饭，两个姑姑也被叫了回来。这次大娘倒是很积极，所有的菜都是她准备的，我还以为她改了性，谁想到是有求于人。

饭吃到一半，奶奶开了口："大宝要订婚，你们这些做叔叔、姑姑的，也要出一份力。郑家的香火，总不能断在我们这些人手里，不然以后怎么有脸下去见祖宗啊？大妮、小妮，你们一人拿五千。建军，你是叔叔，以后又要靠侄儿端盆，你拿两万！”

我简直开了眼，立即反对："大堂哥结婚，凭什么我爸拿钱？他自己又不是没爸妈。”

奶奶一拍桌子："闭嘴！你书读到哪里去了？我在跟你爸妈说话，你插什么嘴？你迟早要嫁人的，这里没你说话的份儿。”

两个小姑在城里，家境尚可，奶奶一再相逼，她们虽然不情愿，可也许诺拿这笔钱。于是，压力就到了爸爸这边。

大娘眼珠滴溜溜看着爸爸，说："大宝也是你的半个儿子，你这个做叔叔的，不能这么绝情吧？以后你老了也是在乡下住，到时候有个病痛受了气，不得几个侄子帮衬着点吗？你可得想清楚，女儿终究是要嫁出去的。"

爸爸没有马上答应，可也没有一口回绝。

年夜饭散后，我们回到自己的土坯房。我劝爸爸不要信大娘的话，亲儿子都不见得赡养父母，更别提侄儿了。

爸爸皱着眉，道："你要是个儿子，我管他干什么？我们要是不帮忙，以后郑家香火真的断了咋办？你爷爷临死的时候，还拉着我的手说这事。"

妈妈喃喃道："那我们也出五千吧。"

爸爸抬眼看了下我："出一万吧。夏夏，你不是一直在工作？你拿五千！"

那一刻，怒火几乎将我烧穿："我去哪里拿五千？我没钱。"

爸爸拍桌子："你不是工资挺高的吗？让你支援点家里就不同意了？"

"我自己要生活，我还要负责秋秋的学费和生活费。"我极力克制自己不哭出来，"爸，我也是个学生，我才二十岁。"

我也想跟我的那些同学一样，打扮得漂漂亮亮，去逛街、看电影、旅游，去恋爱，去享受青春。可我要赚钱。我的钱是用青春与快乐换的。

我能给妹妹，能给爸妈，但，一分也不会给堂哥。

郑家绝不绝后，我根本不在乎！

我跟爸爸大吵一架，妈妈劝不住，直抹眼泪。

我摔了门进房间，妈妈跟进来。

白炽灯照在她发白的头发上，她长长叹息："都是我的错，要是我生个儿子，你爸也不至于……”

好累。

又是这句话。

我打断她：“妈妈，儿子和女儿是一样的，体内也流着你的血。女儿也可以有出息，也可以给你们养老。你们到底要什么时候才能明白？”

05

这天夜里，妹妹挤进被窝小声问我：“姐，我是不是拖累你了？”

“没有。只是我在想，到底什么时候，爸妈的观念才能变一变？”

“等我也大学毕业赚钱了，应该就会变的。”

“会吗？”

妹妹重重点头：“一定会的。”

爸爸最后还是拿了一万块钱出来，其中有一部分是找人借的。

我真是又气又悲哀。

大娘不太高兴，阴阳怪气地说：“就一万块钱，这不够啊！”她睨我，“夏夏不是能赚吗？你哥结婚，你不出点力？”

我脸色为难道：“我的学费都是贷款的，还想大哥订婚收了钱能不能借我点钱交学费呢。”

大娘顿时脸色一变：“那可没有，你二哥和弟弟眼看着也不小了。”

不知她又到处嘀咕什么，村里的爷奶辈的都端着架子训我：“夏夏，读了大学也不能眼高于顶。你没有亲兄弟，你堂哥堂弟就是亲兄弟。还是要帮衬着点，不能忘了根。”

帮衬？绝不可能！我恨不得把这根挖出来铲断。

堂嫂很泼辣。订婚这天，大娘说到时候两人一起去打工，就可以尽快要个孩子了，堂嫂直接说道：“我得领了结婚证才要孩子，不然到时候挺着肚子进门，处处被拿捏。”

大娘的脸都快绿了，也不敢反驳。

这件事让我明白，我的爸妈，或许这辈子都不会是我的依靠。他们从心底里，也不信我能有所成就。

就是如此，我才更要努力啊。因为我的人生，只能靠我自己。

我想考研，于是注册了南大论坛的账号。那时候论坛很火，我在里面查资料、提问题，认识了周想。

他是南大的博士。那会儿智能手机兴起，我买了智能手机，手机里第一个好友就是他。他思路清晰，情绪稳定，善良热情。

我们会聊很多，经典的电影，新出的歌，解不开的困惑，偶尔还会聊一聊哲学。

两个月后，我要去他学校附近给客户送之前订购的茶叶，他问我要不要顺便见一面。

那天天气很好，四月底的风吹在脸上，是热的。

他大概身高一米七三，白白瘦瘦的，穿着格子衬衫、休闲裤，背着书包，站在一棵大香樟树下等我。

小说里的主角都是俊男美女，可生活中，哪有那么多帅哥靓妹？

普通平凡的男女，也照样会遇到爱情啊。

我看着他的格子衬衫笑道：“果然，理工男的标配。”

他显得有些紧张，挠挠头：“不好看啊？这是我昨天新买的。头发也是刚理的。”

“挺好的，我身上都是旧衣服，早知道应该也买身新的。”

他连连摆手，双眸亮亮地说：“不用不用，这样也很好看的。”

普通人的恋爱之旅，就是很普通，没什么电视剧里的坎坷情节。我们一起吃饭、爬山、压马路、看电影。五月中旬，我们一起去看了一部青春文艺电影。

电影结束时，影院里一片哭声。

只有我有些茫然和失落：“我很难共情，或许因为没人爱过我，我也没爱过别人。我的青春，是空白的。”

周想转过头看我，突然牵住我的手。

他的声音在抖：“你的青春还没结束，让我填满它。做我女朋友好吗？”

他的手心全是汗。

我答应了。

出了电影院，他跟我说：“你不知道我刚才多害怕你会拒绝我。”

“你是南大的博士，比我优秀这么多，怎么会害怕我拒绝？”

“不，我觉得你比我更优秀，我很怕你嫌弃我，怕我配不上你。”

那时我差点哭了。原来，纵使再平凡，这世上也总有一个人觉得你独一无二，觉得需要踮起脚才能够得到你。

周想给我找到了全套的南大的专业书、历年真题和考研对应的专业书籍。

我一个二本生，想要考排名如此靠前的学校和专业，就必须笨鸟先飞。现在回想，那时到底年轻，精力充沛，每天那么忙，还能抽出时间谈恋爱。

到了大三下学期，时间更紧迫了，在工作和考研之间，我必须作出选择。

我所在的茶馆其实隶属于一家大型的茶厂，而这家公司接下来要开拓海外市场。因为我学的是英文专业，又懂茶，正好对口，经理的意思是希望我能加入这个团队，一旦做出成绩，那我就是开疆拓土的功臣。

然而那时考研迫在眉睫，留给我的时间不多了。

周想支持我考研："如果你参加了工作，以后就没有这么充裕的时间和安静的环境来备考，也失去了应届生的优势。"

他在早秋的野菊丛里牵住我的手："生活费的事你别担心，我可以每个月给你转一千五百元。"说着他就拿出手机。

我拒绝了他："我暂时还有存款，等不够了再找你。"

其实我想考研，也有他的因素。他一个名校博士，而我只是个普通的二本生。而且，他家境很不错。有次他妈给他五千块钱生活费，我以为是一学期，他说是一个月。

我想努力缩小我们之间的差距。高考，大家拼的是聪明和努力。而那时考研不像现在这么卷，聪明是其次，努力、坚持、抵制诱惑反而更为重要。

得知我要考研，爸妈都很反对。妈妈说："考研又是三年，我跟你爸爸年纪大了。

"你一直不聪明，现在辞职考研，钱赚不到，到时候又考不上，两头都捞不着。

"你去读研，那你妹妹到时候上大学的学费、生活费怎么办呢？"

但我不是那个十七八岁，要依仗他们鼻息的小姑娘了。妹妹也表态，学费她可以贷款。爸妈不得不让步。

备战考研的那一年，除了周想和妹妹，我几乎断绝了和其他人的联系。

想到以后我们三个或许能在一个学校读书，我就满满都是动力。我就像是一块海绵，拼命地吸水，等待着有一天，站上命运的天平。

那一天，总算是来了。

那年冬天特别冷，早上起来，地面都上了冻。可是考研那两天却难得出了太阳，照在人身上暖融融的。

我前三场考得不错。周想在考场外等我，我们准备一起去吃个饭。

就在这时，我的手机响了，是妈妈打来的。

我犹豫了几秒，接通后那边传来她惊慌失措的声音："你爸爸在别人家喝酒，回来的时候摔倒了，满脑袋都是血，夏夏，我要怎么办？我要怎么办？"

有那么一瞬，我曾想过：我应该关机的。

只差最后一场了，我前面发挥得都不错，如果我不接这个电话，顺利考完，我的人生轨迹或许会全然不同吧？

可人生没有如果，周想陪着我匆匆赶去医院。

爸爸中风了，虽然保住了性命，但口齿含糊，走路不如之前利索，更别说赚钱了。

他躺在床上，不敢直视我："夏……夏，都是地太滑了。"

妈妈期期艾艾："你妹妹高三了，就别让她知道了，免得分心。

"夏夏，你爸以后都没法赚钱了，你这研究生别考了吧，你要是去读研，以后家里咋办？秋秋咋办啊？"

我一再告诉自己冷静，可实在控制不住，崩溃大吼道："我跟你们说过我这两天考试，为什么还要去喝酒？为什么你们眼里从来就没有我？为什么我一直是被牺牲的那一个？哪怕一次，你们为我想想，你们也重视重视我，不可以吗？你们知不知道，我准备了一年多！你们知不知道我熬了多少夜，做了多少题，吃了多少苦啊？我不求你们能顶我一把，至少……至少……"

至少别一直拖我后腿。

至少别一遍一遍告诉我：你永远是被放弃的那个。

爸爸妈妈深深地埋着头，我看到他们头顶丛生的白发，悲凉层层翻涌上来。或许，这就是我的命吧。

我一路跑出了医院。周想追出来，在一棵光秃秃的树下找到我。他轻轻抱住我，拍着我的后背：“没关系的，你还有我。在我这里，你永远是最重要的。”

我反身抱住他，号啕大哭。

那个冬天，那棵枯树下，我仿佛将我过去二十多年所受的委屈全都哭了出来。

周想抱着我，轻轻说：“对不起，我以前都不知道，夏夏原来吃了那么多苦，才长成现在独立坚强的样子。”

我不曾与他说过太多过往，苦难有什么值得歌颂的呢？如果可以选择，我也想当个被宠爱的小公主呀。

我再度回到病房时，妈妈说：“不然你明年再考一次，我可以去刷盘子，一个月也能赚两千块钱。”

妹妹还是得知了这个消息，她跟我说：“姐，我上了大学可以拿奖学金，也可以做兼职。你专心备战，你的生活费我来出。”

妈妈动了下嘴唇，欲言又止。

“算了，不考了。”

考研就像是打仗，一鼓作气，再而衰，三而竭。我的气，已经泄了，如今，提不起来了。

爸爸买的是农村合作医疗。我记得当时每个人是交一百多。爸妈在我的劝说下都买了，当时大娘还讥讽，说瞎花钱。可如今，派上用场了。

农合是要自己先支付医药费，之后再报销。

我当时身上的钱不够，周想帮我出了一万多元。

过年期间，报销下来了，爸妈都没吭声。

在我的询问之下，妈妈支支吾吾地说：“马上过年了，到处都要用钱，这报销的钱，我跟你爸的意思……”

“至少要把周想的钱还上。”

我妈讷讷道：“他是你男朋友，给你爸花点钱也是应该的吧……”

我气得脑瓜子嗡嗡的：“你也知道只是男朋友，一万五，不是一百五。妈妈，如果我拿了这笔钱，以后我怎么在他面前抬起头？”

我放了狠话：“你要是不把这钱给我，这辈子我都不会再给你们一分钱！”

妈妈最后把钱拿出来了。

夜里，薄薄的门板挡不住她低低的啜泣声：“你以后赚不到钱，我还得伺候你。秋秋马上上大学，家里一点进账都没有，我不是想着拿点钱在手上安心吗？我也知道她不容易，可她年轻有本事，我们却是老了。”

爸爸沉默许久，含糊地说：“是我不该喝酒，把夏夏的前程给断了，我真是该死！”

这就是现实里的父母吧，他们有很多缺点，可他们又把你养大，又给予了你一点爱，让你无法深爱他们，却也不能一刀两断。

我读了那么多书，可是没有哪一本能教会我该怎么处理与父母的关系。室友和同学知道了我的遭遇，都很是惋惜。

可我还有事情要做。

一是毕业论文，二是过完年后全国高等学校英语专业八级的考试，三是找工作。

原本我是放弃了全国高等学校英语专业八级，专心备战考研的，如今却得捡起来。

周想劝我："要不你放松放松。"

他担心我精神出问题。

"没事的，"我笑了笑，"我这个人闲不下来。而且你当初喜欢我，不就是因为我够努力吗？"

"可我现在心疼你，希望你轻松一点。"

可我那么寻常啊，如果不努力，可能随时都会滑下去，泯然于众人。我信他此刻所言全是真心，可一年后、五年后、十年后，他还会如此想吗？

考完全国高等学校英语专业八级，我开始找工作。

二本学历，又错过了之前的校招，想要找到一份合适的工作，千难万难。很多同学签的工作，月工资也就两千五百元左右，三千元的都极少见。

我思来想去，联系了之前的茶楼经理。他主动问我想不想回去，可以给我茶艺培训师的岗位，每个月三千两百元的基本工资，外加销售提成。

这个茶厂规模不小，还是有往上晋升的空间的。我如今口袋空空，不能挑三拣四。

这一年，周想也博士毕业了，他签了一家大厂，年薪五十万。这就是知识的力量吧。

知识，可以有效转化为金钱。

我大学毕业，妹妹参加了高考。她当初听了我的建议，选的是理科，那一年一本线 522 分，她总分是 664 分。

分数出来时，妈妈哭成了泪人："以后我真的能挺直腰杆做人了！看谁还说我生不出儿子，她们的儿子，有我女儿有出息不？"

爸爸也很激动，说："我得好好活着，以后享我女儿的福。"

这几年，二堂哥也结婚了，再度掏空了大娘家的家底。两个嫂子都不是省心的主儿，前后脚又有了身孕，大娘伺候这个，就冷落了那个，日子简直水深火热。

反观爸妈就没有这样的烦恼。

填志愿时，爸妈一再表示不希望妹妹走得太远。后来，周想带着妹妹在南大转了一圈，最后报了他们的王牌专业。录取通知书下来后，爸妈在村里办了酒席，搭了好几个拱门，还请了唱戏的妹妹来表演，恨不得昭告全世界这一大喜事。

妹妹确实比我当初考得好，所以，他们开心是应该的。

妈妈解释道："不办酒的话，送出去的人情收不回来了。等你跟小周结婚，也给你办酒。"

收的礼金够妹妹的学费，妈妈另外给了她两千元生活费。

妈妈殷殷叮嘱她："到了学校，该花的钱还是要花，别被同学看不起。钱不够了，就给妈妈发信息。"

我听了这话还是会失落，但我已经习以为常了。而且我现在已经不期盼他们的爱了，因为，这世上总有人会一心一意爱我。

周想的师兄，就是妹妹如今所在院系的老师。周想带着我们跟师兄一起吃饭，介绍了妹妹。妹妹因此以本科生的身份，就能参与到一些项目中，也发表了论文。这对她以后的发展，必然是大有好处。

周想刚入职，忙得像狗。

我反而比从前要闲很多。我补看了很多以前没追的剧、来不及看的书，如此一个多月，竟觉得空虚无聊。

这天是我的生日，周想带我出去吃饭，送了我一条蒲公英项链。

"夏夏，我觉得你就像蒲公英。"

我摩挲着项链："是啊，普普通通。"

“不！不管风暴干旱，沃土抑或悬崖，它都能存活，永远不死。”他牵住我的手，“夏夏，不如你再试试考研吧。你已经有了基础，应该没那么难。”

江心考到了梦想专业的研究生，她给我发信息祝我生日快乐时也说：“夏夏，再试试吧。我相信你，可以做到的。”

闲着也是闲着，我便再试了。

爸妈还是不太同意的，他们只催我快点结婚，让我不要错过周想这样的好男人。

我一回老家，大娘就会说：“嫁个好男人才是最重要的。小周这样的男人，你是祖坟冒青烟才碰到，可得趁着他眼瞎的时候，抓点紧。”

无数个靠咖啡续命的日夜，我看着窗外长明的路灯。这个城市越来越繁华，它似乎包容一切。可其实像我这样的人，不倾尽全力，永远也无法真正融入它。

那年十二月，我再度走上考场。那几天，我把手机关机了，任何人都无法阻止我前进的脚步。

出笔试成绩那天，是正月十二。大娘给三宝安排了相亲，然而对方姑娘根本瞧不上。

我在用手机上输入准考证号，查询到了自己的成绩。

总分 439 分。我报考的专业一共招一百五十人，我排第三。

我给周想发了信息。

他给我回了段语音。

“夏夏，我就知道你可以。”他听上去比我还欢喜，“你是我的骄傲！”

导师我一年多前便联系过。当时没有参加最后一场考试，我也跟她说明了原因。如今面试再见，她随意问了几个问题，然后就说："这个学生一年多前就联系我了，由于家庭原因耽误了，没想到今年能再见！"

这话里的意思很明显——她看上我了，其他人不要抢。

导师也是之前周想多番打听过的，学术能力强，项目多，且对学生很好。

录取通知书一下来，周想就带我回去见他父母。

有些事，不能深思——为什么偏偏是我考上后呢？

周想家比我预想的还要有钱。他家开了几家大超市，如今家业是哥哥在管，但周想也有股份，年底有分红。

他爸妈对我挺有礼貌的，但看得出，不太喜欢我。我爸妈催着我们结婚，周想爸妈却说："郑夏夏才刚考上研究生，结婚这事不用急的。"

导师的项目多，研究生期间我很忙。导师爱喝茶，知道我是高级茶艺师后，简直如获至宝，经常要我给她泡茶，每个月给我的补助也增加不少。

我当了学生会主席，发了几篇挺有分量的论文。

导师带着我去参加各种会议，席间跟其他老师一起吃饭，她总是会略带炫耀地说："我这个学生可不只会搞学术，她还是个高级茶艺师。"

少不得要表演一下茶艺。

导师得意扬扬道："你们要是去茶楼喝茶，光这手艺就值上千块，今天算我请客。"自然引来一片艳羡、吹捧之声。

导师把我当半个女儿看，总是夸我。

"我这么好的学生，便宜小周那臭小子了。你们要是哪天分了，你就给我当儿媳妇。"

她儿子才大一，亏她说得出口。

其实，这就是我想要的父母。哪怕我普普通通，可是在她眼里也是世间至宝，天王老子都配不上。或许是老天爷也可怜我，所以用导师来弥补我这一份缺憾吧。

有一次跟周想爸妈在外吃饭，正好碰到导师，她狠狠夸了我一番，而且还偷偷帮我们买了单。也就是从那天开始，他爸妈对我的态度有了明显的转变。

进入研三，校招开始，我也要找工作了。

这天导师看到了我的简历，她不高兴了。

“你要找工作，为什么不问问我，自己跟无头苍蝇似的乱撞？”

她给我推荐了一家国内龙头的重工企业。当然，还是要面试的。

我面试的岗位是高级商务经理，主要负责接待外宾客户，协助敲定合作事宜。当时参加终面的有十个人，其中两个是海归。

我这个“985”院校的硕士真是不值一提，然而面试时，主面官看着如此眼熟。

他翻看我的简历，问：“你以前是不是在龙润茶楼上班？”

我想起来了，以前他总是会带外国客户去茶楼品茶。他们接待外国客户时一般都有翻译，可品茶涉及很多专业术语，翻译并不熟悉，所以有时候我会帮忙。那可是免费纯正的“外教”，我巴不得能多聊几句。

面试很顺利，很快我就收到了录用通知书，综合年薪三十万元。

跟周想自然不能比，可回想那时大学毕业，我找工作到处碰壁，真是今非昔比。工作敲定后，周想妈妈开始着急了。

“你们年纪都不小了，结婚生孩子这个事，得抓点紧了啊。”

你看，婚姻就是这样，只有你握有足够的筹码，才能得到重视与尊重。

妹妹这年读大三。她原本是要考研究生的，我跟周想都已经帮她规划好了，可她突然就不想考了。

我反复追问，才得知她谈了个男朋友，比她大三岁，是个大专毕业生，现在在做销售，她男朋友急着结婚。

我当时脑子都炸了，见过她男朋友之后，我更是觉得那人油嘴滑舌不靠谱。

“老天爷给你这聪明的脑袋，你全用来长恋爱脑了吗？

“你辛辛苦苦考大学，是为了一毕业就结婚吗？

“他为什么阻止你考研究生？他就是怕你们学历差太大，他配不上你！

“秋秋，他跟你不是一路人。”

我们当时都上了头。

秋秋也怒了：“你那会儿上的是普通本科，姐夫是博士，他也没嫌弃你啊！

“阿松说得对，姐，你管得太多了。我不是三岁小孩了，我的人生我可以自己负责！”

那一瞬，悲凉席卷了我。我一直在为她谋划，希望她少走弯路，最后却变成——我管得太多。

秋秋也察觉自己过了，低声致歉：“对不起，姐，他真的对我很好。”

可她是我唯一的妹妹，我真的要眼睁睁看着她的人生滑下去吗？

那段时间我跟妹妹的关系剑拔弩张，全靠周想在其中斡旋，才不至于闹掰。

爸妈也很急，他们毫无办法，只要我多劝劝妹妹。

就这样持续到了十月底，有一天秋秋突然给我打电话：“姐，我跟他分了。”

我们吵得厉害，秋秋到底有点动摇。那个男朋友于是想了一个招，把避孕套扎了个洞，想让妹妹意外怀孕，如此一来，婚事便板上钉钉。

幸好，妹妹的恋爱脑不严重。

那天晚上，她抱着我号啕大哭。

第二天晨光熹微，她问："姐，我现在准备考试，还来得及吗？"

"当然！"

工作两年后，恰逢公司大调动，我破格升了副科级。在双方父母的催促下，我跟周想举办了盛大的婚礼。

家族里的亲戚们都来了，婆婆给足了我面子，改口费给了十万，又当着满场宾客夸我。

大娘忌妒得眼珠子都快掉出来了，还问服务员能不能打包一只大龙虾。

爸爸腿脚和口齿恢复得都不错，把我交到周想手里时，红了眼眶："夏夏一路长大不容易，你可要好好对她。"

妈妈离开时，拉着我的手啜泣："爸妈以前偏心，那也是不得已，家里没那个条件。你别怪我们。"

父母的爱，其实也是会变的。孩子成年以后，他们似乎会更喜欢有出息的那个孩子。爸妈开始经常联系我，天冷了要我多穿衣，天热了怕我中暑。做许多我喜欢的酱菜，每次我回家都塞满我的后备箱。还总抱怨我不跟他们联系，说我很少打电话回家。

对妹妹，反而没有之前那么上心了。

很多在外的孩子都会恋家，因为他们在爷爷奶奶、爸爸妈妈的爱里长大，家人永远握着他们身上的那根线。可我不是，我总是被放弃，永远排在末位，你们没有给过我浓烈盛大的爱，又怎么苛求我眷恋你们呢？

公婆对我尚可，周想待我尤其好。

这世上，我有了全心全意爱我之人。

我长大了，我不那么需要父母的爱了。我也看开了，对于这种无法断绝的关系，只能与幼年的自己和解。

他们给了我生命，给了我一点点爱。那么我也回馈他们一点点爱吧。

我素来不喜亏欠。

一场暴雨后，老房子塌了，而我在县城买的一百四十平方米的房子恰好交房了。那房子位置不错，五百米外就是医院，过条马路就是文化广场，附近有两个大超市。

爸妈嘴里说着还是住乡下方便，心里却乐开了花。人人都夸他们有福气，生了两个这么聪明能干的女儿。

大娘还打主意，想让爸妈把房子借给堂弟结婚。她这几年被孙子挫磨，老得特别快，再没有以前跟我对骂的精气神了。

好在不消我多说，爸妈这次拒绝了。

时代不一样了，大家的观念渐渐开始变化。他们发现，儿子多不再是值得四处炫耀的好事——儿子多，就意味着要辛劳一辈子。

其实，生儿子或是女儿都不是重点。重点是——好好爱他们。

给孩子足够的爱，教他们如何做人做事，等孩子长大了，自然会回馈爱与孝顺。

但这个道理，只有真正经历过的人才会明白吧。

生而普通又缺爱的我们，该如何才能不滑入泥泞呢？

我想，唯有珍重自己。

唯有不断努力，永不放弃。

唯有咬紧牙关，挺过去。挺过狂风暴雨，就算看不到彩虹，回首过去，我们也能笑着说：“我尽力了，我没有辜负每一寸青春。”

流光珍珠

我的亲生父母都活着，可是我却没有爸爸妈妈。

五岁那年，亲生父母为了要个儿子，把我送给了舅舅。

那天，亲生父母说：“从今天起，别叫我们爸妈，舅舅舅妈才是你爸妈。”

舅妈反驳道：“你又不是我生的，瞎叫什么！”

于是五岁的我，变成了没有父母的孩子。

01

五岁生日这天，生父生母收了五百块钱，要把我送给一对生了傻儿子的夫妇。

好在舅舅连夜赶到，将我护在身后：“我家两个都是小子，三妹就给我当女儿吧。”

那时我还没有大名，跟村里其他人家的第三个女儿一样，唤作三妹。

后来，舅妈曾无数次跟我说：“要不是你舅舅，你就要嫁给那家的傻儿子了！你长大一定要孝顺你舅舅，晓得不？”

舅舅请村里的老人给我取了个名字：宋流珠。

他期盼我能成为流光溢彩的珍珠，可实际上我只是平凡普通的卵石。

舅舅很好，可舅舅很忙。他每天要开着脱米的拖拉机去各个村子里给谷物脱壳，早上五六点就走了，有时晚上八九点才回家。

舅妈很凶，总是板着一张脸。

大哥那会儿十三岁，正是叛逆期，基本不搭理我。

二哥比我大两岁多，扯我头发，拽我衣服，还往我被子里放死老鼠……

我天天盼着下雨，这样舅舅不会上工。有他在，我才感觉那里是家。

没多久，舅舅送我去上学前班。

舅妈的脸拉得很长很长，说："你带回来给她口饭吃就算了，还要费钱送她读书，你是钱多得花不完哦？"

舅舅赔着笑脸说："村主任说了，小孩都要读，不然犯法的。"

舅妈依旧骂骂咧咧。

我绞着手一言不发，恨不得自己是个聋子。

舅舅低声下气道："好了，别当着流珠的面说这些。"

舅妈狠狠白我一眼，进了厨房，很快里面传来砰砰砰的声响。

舅舅将我拉过去，温声细语道："你舅妈就是脾气大，心不坏的。流珠你以后懂事点，多帮她干点活儿。她会喜欢你的。"

放学后，二哥跟一群小伙伴打弹珠打纸板，我则飞奔回家割猪草。现在卖十来块一斤的水芹菜，那时田埂边大片大片都是，猪都吃腻了。割完猪草，我得帮着煮饭择菜，等舅妈回来炒炒就能吃。

一到周末，我还要洗全家人的衣裳，装衣裳的桶比半个我都高。

那时田地里有干不完的活儿，种红薯、翻红薯藤、种花生、收花生、插秧、拔草……

舅舅成天在外面，这些活儿大部分就落在舅妈的身上。她干活儿回来累得半死，大哥叛逆顶嘴，二哥上房揭瓦。如今想想，她脾气坏也理所应当。

小孩瞌睡大，很多时候舅舅回来，我都睡着了。

早上一醒，我会摸摸枕头下。棒棒糖、华华丹、酸梅粉……这是舅舅独独给我的宠爱。

这天我一摸，是空的。

我正在失落，舅妈推门进来了，脸色沉沉。她举起手里的棒棒糖，问："你哪来的钱买棒棒糖？你是不是偷东西？"

我抿着唇一言不发，她气坏了。

"小时偷针，大来偷金。我非要狠狠打你一回，让你长长记性！"

她拿起墙角的竹叶扫把就往我身上抽。

这时大哥吃好早饭要去上学了，他站在门口，变声期的嗓音里是满满的不耐烦："你是哑巴吗？那是我爸给你的，你为什么不说？"

那天晚上，我听到舅妈低声哭泣："我跟了你这么多年，也没见你给我买点糖啊果啊的……你现在对她倒好。"

舅舅温柔地解释道："我赚的钱不都在你手上？你要买我也从不说你……"

"那能一样吗？！"

"好了，小声一点，别让孩子们听笑话。"

隔壁声音渐悄，舅舅轻轻推开我的门。

我哽咽道："舅舅，你以后不要给我买零食了。"

他帮我把蚊帐拢了下，说："大人吵架，跟你没关系，你睡吧。"

后来，舅舅带的零食就是双份的，我一份，舅妈一份。

二哥嗷嗷叫："我也要。"

舅舅一巴掌拍上去："你一个男娃，吃啥子零嘴？"

舅妈阴阳怪气道："我还是托外甥女的福，要不然也没这待遇。"

但她叼着棒棒糖在婆娘们中就换了面孔，喜笑颜开道："我家新城还把我当细妹子，天天给我买糖吃，你们说他是不是浪费钱？"

一年多后，生母总算如愿以偿，生了个男孩。舅舅、舅妈带我去吃满月酒。

生母家的东西几乎被计生办的人搬空了，椅子都是找邻居家借的，但她满脸喜气："总算生了个儿子，看谁还敢在背后嚼我舌根！"

表弟已经取了名，叫张伟。他又黄又黑，脸上还有很多绒毛，活像是一只猴崽子。我不懂，为什么他还被夸可爱？

我几乎本能地叫了一声妈妈，生母的笑容马上凝在脸上。

"别乱叫，现在舅舅舅妈才是你爸妈，晓得不？"

舅妈皮笑肉不笑道："她又不是从我肚子里爬出来的，也别喊我妈。"

所以，到底谁才是我爸妈？

最后是舅舅拍拍我的背说："找你姐姐们玩去吧。"

客人们都被招待以甜酒鸡蛋，他们碗里都卧着两个鸡蛋。

我的碗里，只有稀稀拉拉的糖水。

如从小到大的无数次一样，生母道："家里鸡蛋不够，再说小孩子吃太多鸡蛋不好。厨房灶上火快灭了，你快去帮着烧一把。"

我当时觉得哪里不对，却又说不上来。小小的我，还不知如何去反抗父母这样的权威。后来是舅妈到厨房里将被火烤得满头大汗的我拎起来。

她揪着我的耳朵，说："特意给你买的新衣服，你跑到这里玩火！来做客都不老实！"

她嗓门很大，生母很快被吸引过来，她面色尴尬道："是我让三妹烧火的。"

舅妈松开我，面色淡淡地说："哦，那好，她是你女儿，以后还是留下给你烧火。"

生母脸色微变，赶紧道："我就是让她搭把手。都已经送给你们的姑娘，哪有要回来的道理？"

两人你来我往，把我像物品一样推托。

最后生父来了，他拉长脸说："嫂子要是不收，我还是把她送到张麻子家去，还能收五百块钱，正好给小伟买奶粉喝。"

回去的路上，舅妈一直在说："到底还是亲生的，不给蛋吃也愿意给他们干活儿。你再乖有么子用？他们还不是像丢垃圾一样把你丢了？三个女儿，独独不要你，啧啧……"

我坐在自行车前杠上，夏日的热风兜头往我眼里钻，弄得我眼睛又酸又涩。

从那天后，我有舅舅舅妈，有姑姑姑父，却独独没有了爸爸妈妈。

舅妈平时倒也还好，只是每到开学时，她的脾气就格外暴躁。那会儿义务教育已经普及，可读书还是要交钱的。三个孩子一起读，对于农村家庭来说，压力巨大。

舅舅总要花点时间，说服她继续让我读下去。

每到暑假，生父生母会邀请我去住一段时间。

我想拒绝，舅舅会说："他们毕竟是你爸妈，也是想你才喊你回去。"

生父生母家只有一台三叶吊扇，夏天天热，一大家子便把凉席铺在水泥地上睡。我睡在最外边的角落，几乎感受不到风，只能闻到满屋子的汗臭味。他们也并非想我，是暑假双抢，家里活儿多，抓我回去帮忙，对外却还要做面子："三妹是客，不能让她下地干活儿的。"

的确是不用去田里收稻子，但我得在家洗衣服、做饭、喂猪、晒谷子。

双抢结束，他们又忙不迭把我送回去："不能住太久，不然你爸妈要寒心。"

每次回去，舅妈都要对我阴阳怪气至少半个月。

日子倏忽而过，小学四年级的暑假，大哥中专毕业，去厂里上班了。地里的稻子已经是金黄色的，垂下了重重的头。

生母一大早骑着自行车来了："三妹放暑假了，我接她去我那边玩几天。"

舅妈拉着脸不说话，舅舅笑了笑："流珠，你去收拾几件衣服吧。"

生母笑呵呵道："不收拾也没事，她两个姐姐都有衣服。"

趁着舅舅舅妈不在，生母拉着我的手低声道："你留在舅舅这儿，不得让你下地？跟我回去，不用晒太阳，多好。"

舅妈端着凉茶从厨房出来，看到了这一幕。

我甩开生母的手，大声道："我不想去。大哥上班去了，家里人手不够，我今年要留下来帮忙。"

"你这孩子，怎么不识好歹？"生母说着伸手紧紧抓住我，"我还能害了你？！"

舅妈快步上前，一把扯过我："流珠不想去就别勉强她，放寒假时再去你那儿玩吧。"

这年暑假，我陪着舅妈收稻子，村里人都打趣："哟，头一回看到流珠下田！"

舅妈大嗓门喊道："养她几年，帮我干点活儿不是应该的吗？"

从那以后，我暑假没有再回过生父生母的家。

舅妈纵使对我没什么笑意，可每到过年，都会为我添一身新衣。不像生父生母，过去那五年，我从来都是穿两个姐姐剩下的，裤子破了好几个洞，都不给我换新的。

谁对我好，谁对我坏，我还是分得出来的。

我小学毕业那年，二哥考上了一中。

大哥打了两千块钱回来，说是给二哥当学费。

他在厂里工作辛苦，工资也不高，两千块钱不是小数了。那年他满二十岁了，舅妈开始着急给他娶媳妇。大哥总说不急。

夜深人静，舅妈跟舅舅哭诉："家里要啥没啥，还有两个读书的，哪有姑娘看得上？他该不会打一辈子光棍儿吧？"

舅舅宽慰道："还小，我不是也二十三才跟你结婚的？"

"小什么小？他同学现在孩子都两个了。"

二哥上高中是寄宿的。他长大后，性子稳重了些。那会儿非主流正流行，每到放学，校门口总是有那么一群染着黄头发、耳朵上全是耳钉、眼圈黑漆漆的男男女女。

我一般都绕着走。

但十一假期前最后一天，我打扫卫生走得晚，领头的女孩拦住我。她嚼着口香糖，拽着我的头发，问："有没有钱？"

我使劲摇头。

"那把你这辫子剪了吧，也能换点钱。"

她拖着我往旁边的理发店走，就在这时，一道洪亮的嗓门响起："你们干吗呢？"

二哥骑着自行车，风驰电掣而来，一个脚刹，在我面前停下，泥巴地扬起一层灰。

他很凶地说道："还不松开我妹！"

回去的路上他一直训我："你反抗呀，你喊啊踢啊打啊，别任由她们欺负……”训到一半，他又叹口气，“算了，还是别反抗，辫子还能再长，人比较重要。”

第二天，他带我去找他的初中同学，一个胖胖的、满是文身的黄毛，这人也经常在我们学校门口活动。从那天开始，哪怕我从她们面前走过，也没人拦我。

02

到了初三，村里的婆娘们开始议论我了。

“流珠初中快毕业了吧？”

“你舅舅舅妈这几年养你不容易，到时候要孝顺他们，晓得不？”

她们也会跟舅妈说：“流珠长得漂亮，性子又乖巧，明年就能出去赚钱，到时候你家老大的彩礼钱不就有了？”

舅妈大声道：“这些年我没亏待过她，孝顺我们也是应该的！”

我上小学时，舅舅上门打米的生意很好。可现在好多村里都有电动打米机，村民们会自己用三轮车带着稻子去打米，随到随打，便宜又方便。舅舅的打米车也有年头了，三天两头坏，生意一年不如一年。

二哥念高三了，成绩不错，有望考个好大学。舅舅一方面很高兴，另一方面也为他的学费、生活费发愁。

我想，我应该会跟生母家的两个姐姐一样，初中毕业后就进厂吧，然后过个一两年，相一个彩礼出得高的男人，嫁人生子。

因为存了这念头，期中考试我的成绩下滑了。舅舅拿到成绩单，狠狠拍了下桌子：“你书就是这么读的？退步了二十多名！你这样连考一中的资格都拿不到！”

那时在乡下初中考一中，不是你想考就能考的，根据学校往年的录取人数，会分配一定的名额。我们学校一般是三十个左右。

“反正初中毕业就要去打工……”我小声嘟囔着。

舅舅瞪大眼睛，说：“别听那些婆娘乱说，只要你考得上一中，我砸锅卖铁也送你去读！”

我瞟了舅妈一眼。

她阴阳怪气道：“看我做什么？我们家你舅舅当家。”

这就是默许了。

我眼睛一下就红了，哽咽道：“我会好好读的。”

那天之后，我几乎是头悬梁锥刺股地学习，成绩也迅速回升。

家里的活儿，舅妈也不怎么让我干了。

她没好气道：“被你舅舅知道我使唤你干活儿，又要骂我。我这不是养外甥女，我是养了个公主！”

二哥高考结束，分数不错，考了个省内的“985”院校。

舅妈那叫一个扬眉吐气，脸都快笑烂了，我也顺利拿到了考试资格。

考一中要去县城，老师带队住宾馆，吃饭、住宿都要花钱。

我们订的宾馆大约许久没住人了，被子都是霉味。夜里天花板上有老鼠在爬，一晚上窸窸窣窣，我几乎都没怎么睡。

考试结束回到村里，我脸色煞白。

舅妈啧啧道：“看这样子是没戏了。”

好几个同学邀我一起去打工，有热心的婶婶还给我介绍对象。

舅舅说再等等，成绩出来了再说。

很快到了我十六岁生日，这天生母上门了，她还在镇上买了个小蛋糕。我还以为她是心里有愧，在补偿我。

没想到酒足饭饱，她道出来意：“三妹初中毕业，也满十六岁了，我给她看了一门好对象。那个男的二十五岁，之前出了车祸，走路有点一瘸一拐，但彩礼钱能出到十五万元。”

那时，在小乡村里十五万元是一笔不少的钱了。

生母满面春风道：“这钱到时候我们一人一半。流光上大学的学费、生活费不就都有了？反正三妹也考不上高中，去打工也不知道要几年才能赚到这些钱！”

她就当着我的面说这些，如多年前一样，把我当一件物品。

我气得脸色涨红。

生母还在眉飞色舞地说：“三妹，虽然那男人有点瘸，但是条件很好的，那场车祸，他拿了几十万赔偿款……你嫁过去就过好日子，我生了你，还是要为你打算的！”

我咬着牙：“我会考上的。”

生母嗤笑道：“算了咯，你小时候不知道多蠢，从一到二十都数不清，考得上一中才怪。你是我肚子里爬出来的，你几斤几两重我还不知道？”

我的确蠢，我竟然以为，对于送走我，她会良心不安。

眼泪滚落，我大声吼：“考不上一中我就去打工，我才不嫁人！五岁时你就不要我了，我赚钱给舅妈也不给你！”

正是情绪爆发时，家里的座机响了。

是班主任打来的：“宋流珠，中考成绩出来了。”

他停了一下，我的心跟着高高悬起，然后就听到班主任说：“你考上了！我们学校考上十个，你是第二名！”

额头热汗汩汩而出，我伸手一擦，发现自己竟然哭了。

舅舅抢过电话，又问了一遍。

得知成绩后，他连连点头：“太好了，太好了！感谢老师栽培，感谢感谢！”

舅妈不知何时也凑了过来，贴在话筒背面听完后，盯我一眼：“你回来脸色煞白，我还以为没戏了。”

生母表情怔怔的，她喃喃道：“从一到二十都数不明白，还考上了一中？”她眼珠子一转，“一个高中生，一个大学生，你们怎么供得起？要我看，还是让她嫁个好人家算了！”

二哥一直在隔壁睡觉，他一向不喜欢我生母。

此时他猛地拉开门，说道：“她现在是我妹妹，是嫁人还是读书，跟姑姑你有什么关系？我的学费可以贷款，生活费可以自己赚，不用她牺牲。你知道考一中有多难吗？流珠不知道吃了多少苦才考上的，你说不读就不读？”

舅舅装模作样地训斥：“流光，怎么能这么跟你姑姑说话呢？没礼貌！”

那会儿亲戚间就是如此，龃龉不断，可明面上极少撕破脸。

生母脸色红红又白白。

我深吸一口气，缓缓道：“就算我要嫁人收彩礼，钱也是给舅舅舅妈。你已经把我送出去了，不能再卖我一次吧？”

生母被气走了，骂我白眼狼，还说舅舅舅妈花钱送女娃读书，肯定是脑壳烧坏了。

晚上舅妈杀了一只下蛋老母鸡，给我夹了个大鸡腿。

“吃吧，记得以后彩礼钱都要给我！”

村里的婆娘们也劝舅舅舅妈。

“儿子读大学要那么多钱，还费心费力养别人家的姑娘，别到时候竹篮打水一场空。”

“亲生妹子都不一定送去读书，一个外甥女这么上心。”

录取通知书上附有费用清单，一开学就要交学费、住宿费、杂费，共计一千八百元。

舅妈的脸黑得像是锅底：“我去哪里给你搞这些钱？你以后工作，工资要全部上交，晓得不？”

二哥的学费可以贷款，但生活费还是要准备的。

穷的时候，一分钱都难死英雄好汉。

舅舅四处筹钱，有人说："找你家老大要点。"

舅舅干笑几声："供子女读书是父母的责任，又不是他当哥哥的责任。我们没钱支援他娶媳妇建房子，已经是对不起他了。"

二哥去县里给人做家教，顺便在网吧打工，晚上就睡在网吧的沙发上，可以省房租钱。

我也想出点力。

正好这天村里来了收头发的。我的头发又浓又密，留了五年，快到后腰那么长了。讨价还价后，八十块钱卖了。

我拿着钱满头大汗地跑回家，舅妈正好从地里回来。

我把钱递给她："舅妈，我把头发卖了，卖了八十块钱。"

舅妈擦擦手，撸了几把我的后脑勺，说："哪个杀千刀的，把你的头发剪这么短！"

"没关系的，舅妈，它还会再长。而且你不是总说我头发太长，掉得家里到处都是吗？"

"我带你去理发店修一下，太丑了。"

"不用了，舅妈你拿剪刀给我随便剪剪，别浪费五块钱了。"

那个傍晚，红霞满天。舅妈借来新剪子，给我修头发。她一边修一边骂，先骂收头发的不是个东西，又骂我是个蠢货，任由别人乱剪。

骂着骂着，她声音低了："以后你这头发还是留起来，细妹子当然是长头发好看，家里不缺你这八十块钱。"

二哥回来看到我的大辫子没了，气得半死，说道："你干脆剪个平头算了，这发型从背后看都分不清男女。"

生母知道后也骂我蠢："你的头发那么长那么多，至少可以卖一百五十块钱！"

高中三年，我的头发一直也没留长。因为短头发更好打理，不用浪费时间和精力。

后来还是大哥转了一千块钱回来，解了家里的燃眉之急。

进了高中我才知道，人与人是不一样的。

很多同学暑假就上了补习班，提前学过高中的内容，他们能轻松跟上老师的进度。而我却像是老黄牛一样，吭哧吭哧往前赶。

一个月下来，我的自信心几乎土崩瓦解。

十一国庆放假，二哥回来了。我抓住机会问他题，问着问着情绪就低落下来。

学不完，根本学不完。

二哥放下手里的笔："流珠，我刚念高中时也跟你一样，觉得自己蠢，有很大的落差感。我什么都想学好，想证明自己。后来我才知道，学习也该有所侧重。"

他告诉我，到了高二就会文理分班，学理科的，文科科目基本不会接触，只要统考及格就行。所以我完全可以从现在就做选择，先人一步，提前夯实基础。

"理科相对好就业；文科记忆性的东西多，更适合女生。你自己选。"

那个夜晚，繁星漫天。

二哥说起过往，轻描淡写。可他当初一个人翻过这些高山时，一定千难万难吧。如今他握有明灯，马上回身来指引我，希望我能少走弯路。

我决定，原谅他小时候在我被窝里放死老鼠的事了。

我想就业好，我想多挣钱，所以我选择了理科，放弃了历史、政治和地理。科目减少后，我的精力更集中，学起来压力小了很多，也能明显感觉自己的进步。但期中考试结束，我在班级排在四十多名。因为文科太拉胯，总分自然就被拉低了。

生母得知我的成绩后，啧啧道："我早说了，她不是读书的料，这个成绩怕是只能考个三本吧。"

村里人也道："宋打米家里的钱，肯定是用不完烧得慌。流材到现在还没结婚，他们倒是不急！"

怎么不急？舅妈都快急死了。她思来想去，觉得还是家里条件太差了。

03

高一那年的寒假后，舅舅也跟着包工头干活儿了。工地上日晒雨淋，几乎没有休息，很辛苦，但一个月有三千多块钱，比打米赚钱多了。

舅妈则在工地上给人煮饭。除了工资之外，她还能捡点废铁丝之类的，算下来每个月也有近两千元的收入。

舅妈把我的生活费涨到了三百，她说："你二哥那时候才给二百五十块钱，等你工作了，这钱要五倍还给我，知道不？"

知道了，知道了。相处这么多年，我渐渐摸清了她的脾性。她就是刀子嘴豆腐心。

高二那年寒假，大哥总算带了个女友回来。

舅妈乐坏了，张罗结婚的事。可那女孩要十万元彩礼，在县城还得买套房。

这大大超出了舅舅舅妈的能力。舅舅坐在屋檐下抽了整整一包烟。漫天飞雪，明明那么轻盈，落在他肩上却重若万钧，压弯了他的脊梁。

"你们要是听我的，不送流珠读书，让她嫁人，现在也能娶上儿媳妇了。"生母又给大哥出主意，"你先把她的肚子搞大，有了孩子，一分钱不要，她也会嫁给你的。"

那会儿村里有不少男人就是这么结婚的。

好脾气的舅舅第一次发了火："你闭嘴吧，以后我家里的事你少掺和！”

生母骂骂咧咧地走了：“我都是为你们好，不识好人心。”

这门婚事最后没成，大哥很萎靡，直接辞工了。

舅妈很伤心，头发都白了好多：“他都快二十六了，难道要打一辈子光棍儿？”

大哥辞去工作后，牵了网线，买了一台二手电脑。

村里的唾沫星子都快把我家埋了。有的说舅舅舅妈猪油蒙了心，养我这个没出息的外甥女，结果把儿子搭进去了。有的说大哥彻底废了，不赚钱，天天窝在家里玩电脑。

舅妈四处托人给大哥相亲，可十里八乡的一听家里的情况，纷纷拒绝。

舅妈担心大哥想不开，工地的活儿也不去干了。

大哥白天睡不醒，到了晚上则键盘敲到飞起。舅妈实在忍不住，劝他：“女娃还会再有的，你要振作，不能整天玩电脑。”

“我不是玩电脑，我是在写小说赚钱。”大哥说在流水线一辈子都不会有出息，他要做点有前途的。

舅妈不信。

我想看看大哥写什么小说。

大哥不肯，解释道：“这不是你细妹子看的。”

我将信将疑。

爆竹声声辞旧岁，转眼又是一年，还有半年我就要高考了。

高二分班后，我进了理科重点班。丢掉拉胯的科目后，我的排名直线上升。文理分科时，我排在年级第九十八名。高二第一学期期末考试，我排在第七十六名；高二学期末，我排第六十二名；高三的第一学期期末考试，我排年级第五十五名。越往上走越难。稳住不后退已经要咬紧牙关，想要再往前一步，更是感觉要突破无数皮筋的束缚。我时常觉得自己再也无法前进。

年夜饭的饭桌上，二哥宽慰我："要放平心态，你只要稳住这个分数，考个985院校没问题。

"这已经很优秀了。有时候压垮我们的，不是外面的秤砣，而是你心里那根沉重的稻草。"

那天晚上，天天玩电脑的大哥坚持给我五百块压岁钱："流珠，拿去买糖吃。"

其实，我早就不爱吃糖了。

我与大哥相差八岁，从小相处并不多。或许，他记忆里的我，始终是那个偷偷躲起来吃舅舅买的零食的小女孩吧。

舅妈四处跟人说，大哥用电脑写小说可以赚钱。

可没人信。

"没听说过玩电脑还能赚钱。"

"是的，好歹是个中专生，竟然天天窝在家里，不出去挣钱。我儿子初中毕业，现在一个月也能拿两千多。"

"看来流材是废了，以后怕是会成没人要的老光棍儿。"

这年初二，生母循惯例回娘家。

她将我偷偷拉到一边，塞给我一百块钱，说："这是给你的压岁钱，好好收着，别让你舅舅舅妈知道了。拿去买几件漂亮衣服，买点好吃的。"

我扔回给她，道："我不要。再说一百块钱也买不了你说的这么多东西。"

生母脸色尴尬。

后来，我偷听到生父问她："你把压岁钱给那个赔钱货干吗？"

生母道："你懂什么？她万一考上好大学，现在打好关系，以后她赚钱了还不得帮小伟一把？"

正月初六我就开学了，学习越发紧张。

现在回想那一百多天，似乎是一眨眼的事，可身处其中时，时间好像无比漫长。那些怎么都做不完的试卷，让我有一种错觉：高考永远都不会来。

然而它还是来了。

明明才六月，天气却异常闷热。考场外的树梢上，蝉鸣声不断。

我想起四岁那年，大姐带着我一起去捡蝉蜕——这玩意儿能入药，可以换钱——捡着捡着我们就走散了。夜色侵袭，林间黯淡。我一边哭喊，一边摸索回家的路，不知摔了多少跟头，才总算从密林里走出。

我跌跌撞撞进了村，远远地看到家。堂屋的灯亮着，生父生母和两个姐姐正在吃饭，一人占据桌子的一边，满满当当，如此和谐。

好像我本来就是不存在的。

老天爷打盹了，给我安排了错误的位置、错误的家人。好在瞌睡过后，它修正错误，把我放回舅舅家。舅舅舅妈和两个哥哥，才是我命中注定的家人。为了他们，我一定要考出好成绩。

考试那几天，我感觉自己像是蓄得满满的一池水，哗哗哗地往外放。

等四场考试结束，所有的水都放完了。

我的身体空空如也，连灵魂也像是飘在空中，空虚无比。

我茫茫然从考场走出，听到一声熟悉的呼喊："流珠……"

我抬头，在几百个等候的家长中，一眼看到了舅妈。

日头西斜，落在她斑白的头发上。她额头上全是汗珠，正抬起胳膊朝我招手。

我飘荡的灵魂，一下落在了实处。

啊，原来有一根看不见的线牵着我。纵使我飞到天涯海角，亦有所牵挂。

舅妈骑摩托车载我回村，她絮絮叨叨说了一路："我跟你舅舅为了供你读书，受了多少闲话，吃了多少苦。你以后要是不孝顺，要遭天打雷劈，晓得不？"

夕阳落幕，光芒万丈。

我搂住舅妈的腰，脸缓缓贴上她的后背，轻声回道："知道了。"

舅妈不再说话了。

只有夏天的风，送来她衣服上洗衣粉的气味。

出成绩那天，舅舅请假回村，舅妈起了个大早。

从早上五点多到中午十二点，她一分钟都没停过，嘴里也絮絮叨叨，同样的话翻来覆去说十几遍。

总算到了点，大哥打开查分的网站。

输入证件信息后，跳转的那十几秒，屋子里针落可闻。

> 语文 125 分，数学 123 分，英语 139 分，理综 251 分，总分 638 分。

跟我平时的成绩差不多，算是稳定发挥。

那一年，理科的一本线是 567 分。

那一刻，舅妈红了眼眶："村里一群没见识的婆娘，我倒要看看谁的女儿能有我外甥女有出息。"

那个下午，她戴着草帽在村里窜，见个人就唉声叹气："流珠考了 638 分，又要供她读大学，好烦躁嘞！"

综合班主任和二哥的建议，我填了二哥所在学校隔壁的那所"985"院校。

舅妈坚持给我办升学宴。她美滋滋地说：“这些人有点屁事都办酒，我们家这么大的喜事，还不办？到时候你一定要告诉所有人，以后你会孝顺我跟你舅舅，气死那群嚼舌根的婆娘。”

宴席开了十二桌，村子里的婶婶大娘变了嘴脸，艳羡之声不绝于耳。

“你这个外甥女没养错，你们夫妻养出两个大学生，真的厉害！”

“流珠一看就聪明，我早就说过她考得上。”

“等他们两个毕业了，你们夫妻以后的日子不晓得多好过！”

“你舅舅舅妈就是你的再生父母，你以后一定要孝顺他们。”

气氛止是热烈，喝了几杯啤酒的生母一把握住我的手。她眼眶通红，满脸疼惜。

“三妹，你能考上大学，妈妈真是太开心了。

“你这聪明劲跟我一模一样，妈妈早就知道你考得上。”

她摩挲着我的手：“妈妈当初为了生弟弟，不得已把你寄养在舅舅家。

“其实我一直好挂念你，早就想把你带回家，又怕影响你的学习。

“你是妈妈生的，我们一家人还是要在一起。今天你好好谢过舅舅舅妈这么多年的照顾，以后就不麻烦他们了，你跟我回家。”

她拽过一旁大吃大喝的表弟：“小伟，快喊你姐姐一起回家。”

张伟瞟了我一眼：“又不是考上什么名流大学，没什么了不起的吧。”

大姐拉着两个女儿，挺着大肚子也过来了。

“三妹，他们是你亲生爸妈，你为人子女，可不能记仇，以后咱们一家人团团圆圆的。”

我脑瓜子气得嗡嗡响，我知道他们下限低，没想到可以不要脸到这种程度。

更搞笑的是，旁边还有人附和："养是恩，生也是恩。你是大学生，以后出息大着呢，两边的父母都要孝敬。"

生母皮笑肉不笑。

"当然要记得舅舅舅妈的好，但要是我没把你生下来，你也不会有今天。主要还是要记得我和你爸爸……"她伸手拉我，"我们才是真正的一家人。"

我一把就甩开了她。

"我记得当初把我送走的时候，你们说以后再也不是我爸爸妈妈了。这么多年，你们从来没问我的学习，没给我出过一分钱的学费，没给我买过一双袜子、一件衣服。我初中毕业那年，你还想卖了我换彩礼钱。这十几年，都是舅舅舅妈在养我、教育我。"我说着说着就哽咽了，"我高中三年，舅妈一身新衣都没给自己买过！现在我考上大学有出息了，你们跑来认我了，你们打的什么主意，以为我不知道？"

我声调拔高道："你们想着现在对我好点，等我毕业赚钱了，就趴在我身上吸血，让我替你们养儿子是不是？别做梦了，我一分钱都不会给你们！"

生父气死了，抬手就要来打我："你个小杂种，老子是你亲爹，谁教你这么跟我说话的？"

舅舅舅妈和二哥上前一把拦住他。

沉默寡言的大哥则一把将我拽到身后。

生母忍着不快赔着笑："小伟是你的亲弟弟，你帮帮他也是应该的。妈妈当年是不得已，现在向你赔罪，好吧？"说着，她竟屈膝要下跪。

今天她要是跪下去，我的名声就彻底臭了，村里人肯定会道德绑架，让我认祖归宗，以后我再也甩不开这恶名了。

我气得眼珠子通红。

就在这时，舅妈冲上去，一把薅住妈妈的头发，跟她滚成一团。

“宋春华，你少给我来这套！看在流珠的面子上，我刚才一直忍，但你实在是太不要脸了！你把我跟你哥当么子冤大头，千辛万苦替你养大了女儿，到了摘果子的时候，你就想搬回家？做你的春秋大梦！流珠以后的彩礼钱都要交给我，赚的工资也是我的，老娘养了她十几年，这是我该得的。

“你要把她带回去也可以，你一次性给我十万块钱，这女儿我就还你！”

群众此时反应过来，纷纷上前拉开两人。

舅妈坐在地上号啕大哭：“我的命怎么这么苦？嫁到宋家来累死累活这么多年，以前老太太欺负我，现在小姑子算计我……”

她哭号着这些年为我付出的：

我七岁那年我高烧晕厥，大冬天她打赤脚抱着我狂奔五里地去找村医；

十岁那年下暴雨，她去学校接我，回来的时候涨水，她背着我差点被洪水冲走，腿上被树枝刮伤，现在还有一个疤；

初中那几年，她几乎一个人料理了十几亩地，就是为了多赚点钱补贴我的学费；

高中那会儿在工地上，大中午，太阳火辣辣的，她戴着草帽去捡钉子卖废品……

“我挖心挖肝养大的妹子，你说带走就带走！这日子还有什么过头？我不如去死！”

众人大惊失色，我亦脸色煞白。

大家一边安抚舅妈，一边七嘴八舌指责生母：

“你这个婆娘没良心，要逼死你嫂子你才舒服是吧？”

“这十几年你没养过流珠没操过心，凭么子要回去？”

“你要……真的在乎她，这么多年有的是机会带流珠回去。”

生母还是不甘心：“她是我亲生的……我还是舍不得……”

“闭嘴！”是舅舅，他气红了脸，“是舍不得她的人，还是舍不得她以后赚的钱，你自己心里有数！你要是再这样算计，以后这里也就不是你娘家了。”

生母脸色一僵，不敢置信地看向舅舅。

舅舅脾气好，且大了生母好几岁，对她一直很包容。

生母舔了舔嘴唇，将最后一丝希望寄托在我身上：“三妹，过去都是我错了，我如今认你回去，也是想给你舅舅减轻负担。我跟你爸爸负责你上大学的生活费，你大哥玩电脑不赚钱，二哥还要考研究生，你舅舅舅妈负担好重。”

我嗤笑道：“那学费呢？”

生母讪讪道：“学费不是能贷款吗？”

她把一切都算计得明明白白。一个月几百块钱的生活费，就能换一个大学生女儿下半辈子当牛做马，多值！

大哥皱着眉：“谁说我不赚钱？你们等下。”

说着，他从卧室拿出一个书包，从里面掏出五沓整整齐齐的百元大钞，就这样随手扔在铺着红色一次性塑料桌布的团桌上。酷酷地说：“流光，你放心去上大学、考研究生，流珠的学费、生活费，我负责！”

五万块钱，可不是小钱！

满场寂静。

生母看着一桌的红票子，狠狠吞了下口水。

舅妈拿起钱摸了摸真假，怔怔地发问：“你哪来这么多钱？”

大哥耸耸肩：“我早跟你们说过，我写小说赚钱的呀。”

大哥还给舅妈交过生活费，可舅妈以为他是打肿脸充胖子，交的是以前在厂里工作存的钱。

舅妈眼泪唰地就下来了："好好好，弟弟妹妹读书不关你的事，这钱我给你存着，以后买房娶媳妇。"

她把钱都收起来，生母的眼珠子就一直跟着钱跑。

舅妈往里屋走，生母也跟上去，赔着笑脸："嫂子，嫂子，我准备给小伟盖房子……"

舅妈停下脚步，冷冷地看她："谁是你嫂子？我可没有你这样认钱不认人的妹妹。这钱是流材的老婆本，任何人也别想从我手里抠走一分！"

估摸着舅妈已经将钱锁好了，我推门进去，她正一边梳头一边抹眼泪。

我站在门口，绞着手："对不起，舅妈……"

她虽然平时大嗓门暴脾气，但实际是个要面子的人。她从来不跟人诉苦，更不会撒泼打滚，刚才那样的行为，是自降了身段的。

舅妈背过身，用皮筋绑头发，再回头，脸上已经没了泪痕。

她凶巴巴地训我："对付她那样的人，就要以毒攻毒。你跟她讲道理没用！我养你这么多年，你要是耳根子软去帮她养儿子，我就一巴掌呼死你，晓得不？"

我眼泪止不住地流："知道了。"

"哭么子？大喜的日子！"她用袖子给我擦眼泪，擦着擦着自己的眼睛也红了，"不用哭，我们宋家以后都是好日子，他们个个都要羡慕。"

她摸摸我的头发："高考也考完了，这头发以后留起来。细妹子还是长头发漂亮些。"

舅妈把房门上了两道锁，带着我重新回到席面。

此时大哥已经被婆娘们包围了。

"玩电脑怎么赚钱咯？"

“到底一个月赚多少？”

“我儿子初中毕业，也能赚这个钱不？”

“流材，我娘家有个侄女，今年二十二岁，大专毕业，好漂亮的，我介绍给你！”

“我也有个外甥女，今年二十岁，是个幼师，条件很好的。”

…………

他一米七五，一百三十斤的人，混在一堆婆娘里，显得弱小又无助。

婆娘们还在争先恐后地推销自家八竿子打不着的远房女娃娃。

这时，大哥推了推眼镜，低声说：“我已经有对象了。”

“什么？！”舅妈平地一声吼。

大哥的对象是他在作者群里认识的，是个业余作者，马上读大四了。

舅妈很狐疑：“你不会被人骗了吧？她要你买茶叶了吗？”

我们村之前有个男孩，找网恋对象，对方要他买了一百多斤茶叶，花了五六万块钱，最后分手了。

所以，村子里的人都知道，卖茶叶的女友不能要。

“没有，我们在视频上见过面的，我还有她的照片。”

他从钱包里拿出一张证件照。女孩很干净，笑起来有两个酒窝，眼睛亮亮的。

婆娘们遗憾不已，仿佛错过了一个亿。可明明不久前她们还很瞧不上大哥，觉得他烂在家里不赚钱。

也是在很久以后，我才发现有个词很适合大哥——社恐。他看上去酷酷的，话很少，其实是因为他不擅长，也不喜欢跟人打交道，更多的时候他都沉浸在自己的世界里。

后来我偶然间得知了大哥的写作小号，原来他是一个乡村文作者，读者不少，还挺受欢迎的，难怪这么赚钱。

宴席结束，生母离开时还假惺惺地说："三妹，你别误会妈妈，妈妈还是在意你的。"

生父咬牙切齿道："没良心的东西，当初就应该把你淹死在粪缸里。"

我微微笑着，说道："可我活下来了，还活得好好的，以后还会越来越好。"

生父差点被气死。

大姐很不赞同，对我说道："爸爸妈妈也有难处，你也要理解他们。"

我看着她隆起的肚子，问她："带两个女儿，很辛苦吧？"

她微微叹气："总要生个儿子，不然你姐夫和他爸妈那边没法交代。"

两个侄女穿着破旧的衣衫，怯生生地看着我。

大侄女跟当初的我差不多大。

我问："四岁那年，你带我进山捡蝉蜕，后来走散了我没回去，你为什么没去找我？"

大姐嘴巴微张："有这回事吗？我不记得了！"

这就是我的亲姐姐。

她予你刻骨铭心的痛，予你毕生难忘的惶恐，却只轻飘飘地说一句"我不记得了"。

"但我记得。"我轻声说，"我如果留在张家，可能会死在四岁那年的大山里，死在七岁那年的高烧里，死在十岁那年的暴雨中……我一定，不可能以准大学生的身份站在这里。大姐，不要自欺欺人，他们到底爱不爱我们这些女儿，你心里真的不清楚吗？"

或许，大姐作为长女，是得到过爱的。但我作为第三个女儿，真的没有被爱过。

大姐走的时候，脸色不太好看。

04

虽然大哥说可以帮我出学费，可我还是贷款了。于是他给我买了个智能手机作为奖励。

学校就在省会，坐大巴不过两个小时，舅舅舅妈却坚持要送我去。

二哥翻白眼，吃醋道：“我当初去报到，你们一个都没送，我就是自己去的。”

舅舅一巴掌拍在他背上：“你一个男娃，要送什么！你妹妹是女孩子，跟你能一样吗？”

其实后来有个词也很适合舅舅——女儿奴。

他对两个哥哥缺乏耐心，但跟我说话从来都是温声细语的。

出发前两天，舅妈买了染发膏回来。

“流珠，你帮我把头发染染，你看我的白头发比黑头发都多了。”

膏体味道刺鼻，搅拌时我轻声说：“不用染，舅妈你这样也很好看。”

舅妈揽镜自顾：“那是自然，我年轻的时候，也是十里八乡一朵花。但过几天要送你去学校，染一下，免得一头白发被别人家长比下去，给你丢脸。”

怎么会呢，舅妈？

你是天底下最好的家长。

你是天下最合格的妈妈。

给舅妈染完染发膏还剩下一些，舅舅正好回来了。

他摸摸头：“别浪费了，给我也染一下。”

二哥靠在门边，翻着白眼酸里酸气：“夫妻俩还打扮上了……”

我的宿舍是六人寝室。

舅妈给我选了个靠里的位置，说："靠窗户冬天冷，靠门对堂风，半夜说不定还要起来给别人开门，这个床铺好。"

舅舅给我去买日用品，舅妈给我铺床。

隔壁铺位同学的妈妈说："你女儿长得像爸爸哦，跟你倒是不怎么像。"

舅妈铺床的动作一顿："她是我外甥女，我是她舅妈，肯定不像。"

阿姨神色一怔，似乎好奇为什么是舅舅舅妈送过来，但没开口。

我走过去帮舅妈牵住被子角，吐字清晰地开口道："我是舅舅舅妈养大的，舅舅舅妈就是我的亲爸亲妈。"

那一瞬，舅妈握住被子角的手狠狠抖了下。

好几秒后，她重重点头，说："没错，流珠虽然不是我生的，但是我嫡亲的女儿。"

二哥本来就想考研究生，但是考虑到家里的情况，一直犹豫不决。眼下大哥给他吃了定心丸，他开始全力以赴准备。

他一向聪明，那时考研还没那么卷，相对来说，录取率比高考要高。他顺利考上了研究生，不仅不需要学费，他导师也选得好，每个月跟着做项目，还有补贴，养活自己之外，还有闲钱给我买生日礼物。

我念大学期间，五十多岁的舅舅居然跟着人学电工，还把技术学会了，跟着装修公司干。

不是钟点工，是包干，做一家算一家的钱。

舅舅人勤快，干活儿细致，一个月下来能赚万把块。舅妈就跟着舅舅四处跑，有时在超市当理货员，有时去饭店打工，总之也没闲着。

一家人的日子，越过越好。

舅舅想把家里的老房子推掉重新盖，大哥、二哥极力建议他在县城买房。

“家里房子以后没人住了，没有任何保值空间。”

那时，舅舅吸着烟，慢慢说：“我跟你妈住啊，以后你们回来了，不得有个窝吗？城里再好，我跟你妈的根也还是在村里。”

如今村里家家户户都是楼房，只有我们还住着老平房。

这些年，舅舅舅妈不知被村里人取笑了多少次。建一栋新楼房，或许关乎的不只是养老，还有面子和底气。

我上大二那年寒假，大哥女友要登门了，为了迎接她，大哥带我去县城采购，没想到碰到了他前女友。算算日子，他们分手正好三年。

前女友怀里抱着个孩子，约莫一岁多。天空下了细雪，两人站在服装城门口，就这么闲聊了几句。

“你现在结婚没？”

“快了，我对象过几天会来我家。”

“还在厂里上班吗？”

“没，我现在是自由职业，在家赚钱。”

前女友沉默了下，问道：“那你……出得起彩礼不？”

大哥笑了笑，说：“我对象说她家不兴这个。”

前女友的笑容如此苍白：“那就好，祝你幸福。”

天太冷，她怀里的孩子闹腾起来，她哄着孩子，大哥与她道别。

擦身而过时，她轻声说：“流材，对不起啊。”

进了服装城，空调的热风扑面而来，大哥神色郁郁。

我有些不高兴：“你怎么不告诉她你现在赚钱了？打她的脸……”

“是我当初不争气，也不能全怪她。说到底，是没有缘分。她跟我谈恋爱那两年，也没给她什么好东西，其实她也是受了委屈的。你看她现在的穿着打扮，想必过得也不太好，没必要再打击她了。”

我想，可能就是因为大哥能共情他人、理解他人，所以才能写好小说。

大哥的情路还是挺坎坷的。大嫂是独女，又是大学生，一开始她家里是不同意的。后来大哥在省城付首付买了房，又买了车。大嫂的表哥恰好是个编辑，知道大哥也算小有名气的作者。

如今家里的情况也与前几年有所不同。舅舅有一门手艺，家里没有外债。二哥是研究生，我也是正经大学生。未来我们绝不会成为大哥的累赘，而且还能相互扶持。

如此几番折腾，大哥终于在三十岁得以修成正果。

在村里，没有读大学的，都早早结婚了。大哥的好多初中同学，孩子都上小学四年级了。

结婚敬婆婆茶那天，舅妈哭成了泪人。

她握着大嫂的手，说：“流材从小懂事乖巧，不爱说话，以后就交给你了，你们两个把日子过好就行。我跟他爸爸，不用你们操心。”

大哥叛逆期那会儿，舅妈说一句，大哥顶一句，要不就是她跟大哥说什么，大哥都当听不见。舅妈肯定忘了，自己那会儿恨不得拿棍子揍他。

二哥上研三那年，签了大城市的一家国企，年薪很不错，而且工作满年限后，还能帮忙落户。

舅妈要被气死了。

“那么天远地远的，以后还能靠得到他吗？这个儿子是白养了。他从小就调皮，跟花脚猫一样不着家，果然，现在走到天边去了。”

二哥拿起手机，说：“要不，我打电话跟对方说不去了？”

舅妈一把抢过他的手机：“你发什么神经？那么好的单位，多少人挤破头都进不去。”

我想早早毕业，好工作回报家里，但大哥、二哥都鼓励我考研。

“现在本科学历也不算高了，你要是毕业后再考研，就没那么容易了。”

“爸爸妈妈有我们，要你一个妹子操什么心？”

舅妈也说：“你先去考，又不见得一定考得上。”

我问：“万一考上了呢？”

“考上了就去读，读研究生又不收学费，我跟你舅舅身体还好，管自己没问题。”

生母知道后哎哟连天：“还要读研究生？再读下去得二十六岁了吧？到时候都是老姑娘了，还嫁得出去吗？我看还是早点出来工作赚钱是正经事。”

我朝她翻了个大白眼。

专业老师是二哥帮我四处问人选定的，我早早就跟老师联系好，最后也如愿以偿，成了她的学生。

我也因此认识了梁程，我的师兄，后来的男友。

研究生毕业后，我们一起留在了省城。

其实外地有更好的机会，可是我不想离舅舅舅妈那么远。

我们工作两年后，结婚提上日程。

那时，舅舅的背已经弯了，舅妈的头发也没剩下几根黑的。

梁程知道我的身世。

我们一起攒了二十万元。

我把银行卡给舅妈，说：“当初说好的，彩礼都给你跟舅舅，这里是二十万块钱。”

后来，我们买的房子装修时，舅妈把那张卡拿了出来：“这里面的钱，我一分也没动。你们先拿着用，我跟你舅舅现在还能管住自己，等以后赚不到钱了，再找你们几个子女要。”

梁程家条件尚可，婚礼定在省城的酒店。

生母可能是老糊涂了吧，居然跑来跟我说：“我是你亲妈，到时候我跟你爸爸上台，让女婿给我们敬改口茶吧！”

我根本没理她。

举行仪式那天，司仪让我跟梁程给舅舅舅妈敬茶。

梁程毕恭毕敬叫了一声：“爸、妈。”

我也跟着叫了一声：“爸、妈。”

以此为契机，我便改了口，从此都唤他们爸爸妈妈。

舅舅舅妈当时热泪盈眶，连连点头回应。

舅舅握着梁程的手：“我就这么一个宝贝妹子，你要答应我一辈子都对她好。”

舅妈低下头，从口袋里翻红包，她的头发是新染的，但发根还是能看出一圈的白。她把厚厚的红包递给梁程。

“流珠小的时候，不知吃了多少苦。你既然娶了她，就再也不能让她吃苦，晓得不？”

我眼含热泪，与梁程一起朝两人磕头，谢过养育之恩。

世有生恩，亦有养恩。于我而言，养恩远远大于生恩。

小时候，我经常做噩梦，梦见自己在那片密林之中，被无数的蝉蜕包围着，无论如何也逃不出去。后来，噩梦渐渐离我而去。

是从何时开始的呢？或许，是在舅舅第一百次给我带零食的时候；或许，是在舅妈无数次谩骂，却依然为我留热饭热菜时。

是他们的爱，是哥哥们的爱，让我走出了四岁的密林，拥有了无限广阔的天空。

05

我上大学期间，还发生过一些小事。二姐就比我大两岁，我读书时她在外面打工，我的升学宴她没回来参加，但我上大一寒假时她回来了。

她送了我一条银项链，作为庆祝我考上大学的礼物。

她一番心意，我便收下了。

然而没过几天，生母来走亲戚，她说那条项链是二姐买来给她的，不小心送给我了。一条银项链能值多少钱，她居然巴巴地来要回去了，简直离谱至极。

我读研期间，赶上舅妈六十岁大寿，我省吃俭用，做兼职，给她买了一条金项链。这就是女儿和儿子的不同。两个哥哥都是直接给钱，不会想得这么细。

舅妈骂了我一顿："浪费这钱干吗？这项链多贵啊！"

午饭后她就戴上，在村里到处乱窜："我家流珠，细妹子做事没的章法，天天辛辛苦苦做兼职，就为了买条这么贵的项链给我，我平时也没的机会戴！你看她是浪费钱不！你们家妹子也给你们买金项链吗？"

她这一圈下来，得罪了一大串婶子、大娘。

生母后来也看到了这条项链，忌妒得不行，话里话外，她也缺那么一条。

我笑了笑："那年二姐不是给你买了一条银项链吗？"

她脸上的笑维持不住，讪讪地走了。

我们兄妹三个都走出了村，舅舅舅妈却留在了那里。除了需要他们搭把手看孩子，他们会在我们的家里住一段时间，其他时候他们更愿意待在乡下。

好在后来，手机很方便，可以天天打视频，舅妈还会每天在家族群里发各种所谓专家的养生知识：

“年夜饭有讲究，这三道菜别上桌。”

“家长要谨慎，一个动作避免酿成悲剧。”

“天天喝一口，孩子不积食。”

“孩子啼哭不止，可能是这个在作祟。”

…………

有次二哥和我都出差，居然碰到了一起。

二哥给妈妈打视频电话，聊了几句后，他问：“我爸呢？”

镜头一转，舅舅在看《新闻联播》呢，远远地跟他招招手，哪怕身处山村，他也天天关心国家大事。

二哥又说：“妈，我这次出差跟流珠碰上了，我们正一起吃晚饭呢！”

只见镜头里远处的舅舅马上站起来，一张大脸迅速贴在了镜头上。

“流珠也在呢？你们在哪里出差？”他絮絮叨叨问个不停。

二哥快酸死了：“爸，你实话告诉我，流珠是你亲生的，我才是抱养的那个吧？”

舅舅不耐烦道：“你往边上点，你挡着镜头了。”

二哥差点被气死。

他吊儿郎当的，婚事一直没有着落。舅妈很着急上火，每次打视频电话必催婚。到了三十岁这年，他总算谈了个对象，是个比他大五岁的学姐，工作能力非常强，收入是二哥的三倍。

舅妈不满意，跟我说：“这么大，孩子都不好生了。而且你二哥在她面前跟哈巴狗似的，我都不敢这么使唤我儿子。”

二哥横她一眼：“我的事情你别管，我追了好多年才追到的，你们要是给我搅和没了，这辈子我就不结婚了。”

结婚的时候，二哥的嘴都快咧到后脑勺了："太好了，我牙口不好，这辈子软饭是吃定了。"

大嫂性子绵软，二嫂雷厉风行。

舅妈年纪渐大后，家族里有什么事，都是二嫂拿主意。舅妈慢慢接受了这个儿媳，甚至在村里炫耀上了。

"我那个二儿媳花钱大手大脚的，给我买个什么洗脚盆，几千块！

"买个按摩椅，要上万。我们田地里做事的，哪里用得着这个！

"带我去买金项链，选一条链子比狗链子还粗，这要挂在脖子上，脖子都要拗断！

"会赚钱，也不能这么浪费，是不？"

我总是提醒她："这样下去，可能没人愿意跟你聊天了。"

她不以为意："她们都这样啊，你张婶子儿媳妇给她买个金镯子，她跟我炫耀了八百遍。"

这就是普通的父母吧。他们其实也不缺这点东西，但是子女惦记着他们，对他们好，他们就开心幸福。这也是他们挺直腰杆的资本和底气。

跟大姐不同，二姐最后没有听从生母的安排。她跟着自己的男友跑了，两年没有音讯。后来过年时她抱着孩子回来了。

生母气得哭天抢地的，骂她不孝，骂她白眼狼，骂她狼心狗肺。

那又能怎么样呢？

生母也试图从二姐身上搜刮，但二姐不惯着她，母女两个关系冷冷淡淡的。倒是后来二姐也在省城安了家，跟我的走动变得多了。

我三十岁生日时，二姐送了我一条金项链，说："补给你的。"

原来银项链的事，她一直是知道的。

那天我们喝了不少酒，她面色酡红，双目氤氲地说：“跟你说一件好笑的事。自从你考上大学后，爸妈不知说过多少次，说我不听话，不聪明，早知道当初就把我送走，把你留下。”

二姐说得轻描淡写，可我能想到，她每次听到这样的话，心里会有多难受。

我握住她的手，说：“如果我留在张家，考上了一中也不会让我去读，更别提读大学、读研究生了。二姐，你现在过得也很好，你其实比我更厉害呢。”

在生父生母那样的影响下，她没有像大姐那般被同化，始终坚持做自己。她凭着初中学历，闯出了自己的一番天地。其实，她的人生才值得大书特书。

生母对张伟寄予厚望。在她看来，我既然能考上大学，那张伟必然不在话下。毕竟张伟是“太子”，那必然是集天地之精华于一身。然而张伟连一中都没考上。

生母想凑赞助费，可张伟的成绩差得太多，交钱一中也不收。后来他去读了中专，也是天天吃喝玩乐。毕业进厂后，上班三天打鱼，两天晒网，眼高手低，一年的时间有大半年闲着。

生母生父着急上火，但有什么办法？这可是张家的“皇太子”，还得供着呀。

我生娇娇时，张伟还没结婚。

生母给他相了好多个对象，最后都没成。或许他会打一辈子光棍儿吧。

谁知道呢？

甜李

养父第一次见我时，我正在吃一碗馊饭。

饥饿的苍蝇跟我抢食，我都腾不出手驱赶。

后来，他把我带回家，给我办了七岁生日宴。

他说："小珏，今天是你的新生，以后每年的今天就是你的生日。"

所有人都朝我微笑。

只有养母，在宴席散后咆哮："她是你的私生女，对不对？"

01

我是亲生父母的第二个孩子，上面还有个姐姐。母亲大着肚子，东躲西藏要生儿子。十岁的姐姐因为能帮着干活儿，舅妈勉强收留了。七岁的我，则被留在家里。

那会儿是夏天，生母的大肚子藏不住。她跟爸爸只能白天躲在山上，晚上再偷偷下山给我做点吃的，用竹篾子扣在桌上。

那次，他们两天都没回家，我饿极了，喝了几肚子凉水。后来实在扛不住，我铲起灶上大锅里馊了的剩饭，筷子都顾不上拿，一把一把往嘴里塞。

苍蝇从我碗里抢食，我也顾不上驱赶。

你们知道馊饭是什么味道吗？酸的，有点苦，抓起来会拉出长长的丝，看上去像是……呕吐物。

养父隔着铁窗，看到了这样的我。

他喝止我，递给我一块“饼”。“饼”有点苦，还融化了，不比馊饭好吃多少。

后来我才知道，那是进口巧克力，一块能换两斤薄荷糖。

他教我用树枝在地上画画，陪我等了两天，我父母总算回来了。

他们怀里抱着刚出生的弟弟。弟弟又白又胖，不像我，又脏又瘦。

听说养父想带我走，我母亲犹豫了一晚上。

第二天，她让我父亲杀了只鸡，破天荒地把两个鸡腿都夹给了我：“快吃吧！”

鸡腿炖得不够烂，咬得我牙齿都流血了，但我顾不上那么多，把骨头咬断，把里面的汤汁都吮吸干净。

母亲摸着我瘦巴巴的脸，泪如雨下：“别怪妈妈，家家户户都是要生儿子的。叔叔一看就是个有钱人，你去他们家比在这儿好多了。去了人家家里，要乖，要听话。”

我死死抱着妈妈的腿，哭着哀求她：“我以后会更听话的，别把我送人。”

可爸爸用力掰开了我的手，他很不耐烦道：“你要留下，你弟弟就得交罚款，家里哪有钱？”

那天太阳很烈，将他的影子拉得长长的，紧紧覆盖在我身上。

我在巨大的阴影里泣不成声，瑟瑟发抖。

养父上前，紧紧捂住我的耳朵，皱眉道：“别跟孩子说这些。她又没做错任何事！”

他将我抱上高高的摩托车，将唯一的头盔扣在我头上。

头盔太大了，像是一座晃荡的山，也像是一个巨大的怀抱……

摩托车突突突发动，喷出一股黑烟。

母亲追上来，塞给我半包薄荷糖："都给你吃，都给你吃！"

这糖平时她都会锁起来，只有我表现特别好时，才会奖励我一颗。

"别怪妈妈，妈妈也是不得已。"

养父轰了油门，迎面而来的劲风，吹散了妈妈的叮嘱和懊悔。

我抓了一把薄荷糖塞进嘴里。

好凉！

好苦！

小小的我想不明白，为什么一颗糖那么甜，一把糖却那么苦？

养父把我带回家，给我办了生日宴。他拉着我的手说："小珏今天是你的新生，以后每年的今天就是你的生日。"

家里的亲戚都来了，除了养母神色淡淡的，其他个个都对我温声细语。

我穿着公主裙，拿着塑料刀，面前摆着双层生日蛋糕，浑身僵硬地对着黑乎乎的相机，挤出一个生硬的笑。

我诚惶诚恐，感觉自己像个小偷，偷了某位公主的时光，等魔法消失，我就会被打回原形。

果然，夜里我睡不着，听见养母厉声质问：

"你以前跟那些女人勾勾搭搭也就算了，现在连孩子都往家里带。你把我往哪儿搁？

"什么养女，她就是你的私生女对不对？你还让我给她当妈，你简直欺人太甚！"

月色黯淡，我紧紧握着门沿，抬眼看到对面的房间门开了，哥哥楚琦憎恶的目光透过门缝，死死盯在我身上。

我小心翼翼关上门，吓得不敢再去厕所。结果，尿床了。

天知道我醒来时有多绝望。

养母本就讨厌我，我第一天就弄脏了又香又软的床单被褥，她一定恨不得马上将我扫地出门。

凌晨五点，我鬼鬼祟祟地起床，抱着床单去厕所。我把床单泡进大大的水桶里，光着脚踩进去。

我踩了一小会儿，身后传来一个冷冰冰的声音："你在干吗？"

我吓得一个激灵，身体往后一仰，一屁股摔在地上。

桶也跟着翻了，水泼了我一身。

养母朝我伸手，我下意识捂住头，瑟瑟发抖："妈妈，别打我，别打我，我下次再也不敢尿床了。"

等了好一会儿，一只冰凉的手将我从地上拽起来："那个桶是用来洗拖把的。"

啊？可它比我在乡下挑水的桶还要干净。

"衣服、床单可以放在洗衣机里洗。"

我根本不会用洗衣机。

养母手把手地教会我，道："以后家里的衣服，都归你洗。"

这比我去河里洗衣服轻松多了。但我还是闯了祸，我把深色衣服和浅色衣服混在一起，养母的白裙子被染成脏污的颜色。

她很生气，道："你知道这裙子多少钱吗？我忍了两个月才买的，才穿了一次！就这点小事你都做不好。"

养父出来打圆场："小珏又不是故意的，再买条新的就是。"

养母更生气了："说得轻巧，这裙子那么贵。"

养父不是说说而已，他当晚就买了条一模一样的回来，还偷偷把我唤到门外，将藏在楼道里的拳头那么大的糖递给我。

"这是整个超市最大的糖，快吃吧。你阿姨成天拉着脸，但她是个纸老虎，心地好着呢，你别怕她。"

养母可不像纸老虎，因为她发出了狮吼："这糖八块钱一颗，八块钱都可以买两斤肉了！楚安邦，你脑子里到底装的是什么？还有这裙子，我用漂白粉泡泡就能返白，钱在你口袋里烧你腿了是吗？”

那会儿，养父母总为了这样的事情吵架。

我当时不懂，长大后才明白。

养父是个画家，天性良善，骨子里都是浪漫主义。他兜里只有二十块，却舍得将钱全部拿出，给养母买一大束好看却无用的玫瑰。哪天他灵感来了，骑着摩托就去采风了。

他是帅气的流浪画家，也有很多艺术上的知己。

生活的琐碎全部压在养母身上。现实主义和浪漫主义的碰撞，说不上谁对谁错。

养父不算好男人，但绝对不坏！

养母对他又厌又爱，终日暴躁，连带着对我也没个笑脸。那个大棒棒糖，我后来给了楚琦。

他接过后一把摔在地上，恨恨地看我：“我才不要你的糖！”

养父是个待不住的人，这次因为我，在家待了一个多月。等办好我的入学手续，在一个天气阴沉的傍晚，他留下一封信，骑着摩托又踏上了流浪之旅。

养母大怒，将信撕得粉碎，拽住我的胳膊往外拉，一把将我推出门。

“滚滚滚，他滚了你也滚！还让我好好照顾你，做梦！”

九月的深夜微凉，楼道里的灯坏了，我抱着胳膊蹲在窗下，看着天边被乌云笼住的毛毛月。

这就是我的世界吧，纵使有月，也只是一点点模糊不清的微光。

也不知蹲了多久，我都快睡着了，房门嘎吱一声打开。

养母居高临下，冷漠中带着厌恶：“进来吧。”

餐桌上放着一碗冒着热气的鸡蛋面，上面摆着我的专用筷子。

养母已经关上了主卧的门。

我肚子饿得咕咕响，小心翼翼地吃完了那碗面。

养父每周会打两次电话回来，问我过得怎么样，是不是一切都好。他会跟我讲自己旅途中的见闻，一朵颜色奇异的花，一只格外聪明的土狗，还有此生所见的最绚烂的朝霞，也会耐心听我分享日常小事。

结束时他总说："小珏，等叔叔采风回去，给你带神秘大礼！"

每每跟我说完，电话交给养母后她总是语气不好："以前她不在，十天半个月也不见你打一个电话回来。怎么，我们母子加起来还没她重要？"

养母待我一直冷冰冰的。哥哥对我也很敌视。我们在一所学校，每天都是一起上学，我只敢远远地跟着他。

他同学每次打趣道："楚琦，这是你的新妹妹吗？"

他都拉着脸："她不是我妹，她是我爸捡的。"

小孩子也是会察言观色的。哥哥不喜欢我，而我又是从乡下来的，大家都孤立我。体育老师组织大家玩一对一对抗，我总是被剩下来的那个。是有些难过，但还能忍受。

如此几个月过去，入冬了。

这天早起我就发现养母脸色不好。我低声询问，她瞪了我一眼："你巴不得我出事是吗？"

我便不敢追问。

出了门，我发现自己忘记带昨天的作业，于是折回家拿，结果发现养母晕倒在客厅中，不管我怎么叫都没反应。

我脑子嗡嗡作响，感觉四面八方的冷风都在往胸口灌。我跌跌撞撞地出门，敲响邻居的门。

刘叔和婶子急吼吼开着皮卡送养母去医院。我坚持要跟着。恐惧像无数的触手紧紧缠住我，我低声呜咽，眼泪止不住地往下掉，一颗颗砸在养母的脸上。

我也不知哭了多久，耳边听到熟悉的冰冷声线："哭丧呢？我还没死！"

养母醒了。

我的嘴唇不住颤抖，良久，哇的一声，号啕大哭。

养母皱着眉道："你吵死了。"

刘婶在一旁低声道："她不知多害怕，你别吓着孩子了。"

楚琦放学后也赶来医院，他红着眼指着我的鼻子骂："都是你害的，妈妈本来好好的，你一来她就病了！"

好在养母是缺铁性贫血，输液后开了点药和食谱，医生就让她出院了。她还需要卧床休息，舅妈每天中午做好一天的饭菜送过来。

都三天了，养母的脸色还是不好。我急了，在厨房用水果刀偷偷划破自己的手指，鲜红的血滴滴答答，滚珠一样地落入舅妈送来的汤里。

也不知滴了多少，我觉得有些头晕。

这时楚琦在身后大吼一声："你干吗往汤里滴血？你的血有毒，你想害死我妈妈是不是？"

他跑过来用力一推，我后脑勺砸在门把手上，痛得脑子一片空白。

养母也被惊动，她先拿纸巾缠住我的手指，冷声问："你这是干吗？"

我鼓起勇气仰视她，颤声道："舅妈说你是血少才会生病的。"

"我血很多，我可以分点给你！"我的眼泪汹涌滚落，"吃了我的血，你能快点好起来吗？"

养母嘴唇轻颤，半天没说话。

我泪眼蒙眬地看向楚琦："哥哥，你不要讨厌我。你放心，我只分走你一点点的爱。"

我伸出大拇指和食指，比出一小截距离，然后不断压缩再压缩，最后只剩下薄薄的一层漏光的缝隙。

我朝楚琦讨好地笑了笑："我就要这一点点，可以吗？"

没有被爱过，糊里糊涂也能活下去，可一旦品尝过被爱的滋味，就如上瘾一般无法离开。

楚琦将拳头捏紧，整个脸红红的，朝我吼："你个蠢货，喝血是不能补血的！"

骂完我，他转身跑出厨房，上楼砰的一声把房门关上了。

养母将我扶起来，下命令道："去沙发上坐着，我去找药箱。"

她去了楼上主卧，这时客厅的大门被敲响了。

我去开门，门口站着的两个人如兜头一瓢寒冰，将我眼眶里的泪冻住。

是我的亲生父母！

与我的呆若木鸡不同，他们十分激动。

他们用力挤进门内，死死握住我的手："来娣，总算找到你了！"

生母眼眶通红，激动地摸着我的衣服和脸："瞧瞧你，脸色怎么这么差？刚才哭过吗？他们是不是对你不好？妈妈还以为再也找不到你了。"

我的视线在他们身上转了又转。

真奇怪，此刻我的心怦怦乱跳，不是久别重逢的欢喜，而是不该相见的恐慌。

爸爸吸完最后一口烟，将燃着的烟头随手丢在楼道里，拽着我的胳膊往外拉："别废话了，走，跟我们回去！"

妈妈擦了眼泪，满面欢喜："家那边要修高速公路，一口人能分两万块钱呢。你跟我们回去，咱家就能多分两万块。有了钱，我们一家人再也不分开了。"

他们连拉带扯，将我往外拖。我用手死死抠住门沿，止血的纸团掉落，鲜血汩汩往外冒，沿着门框如蛇一般向下游走。

双拳难敌四手，我的心如坠寒冰。或许现在就是魔法消失的那一刻，南瓜马车、水晶鞋、华丽裙子、温暖的家……终究是一场会醒来的梦。

眼看着我就要被拽走，身后响起下楼梯的脚步声。

养母拿着药箱，站在走廊暖黄的白炽灯下，冷眉冷眼看来。

万般恐惧此刻化为无尽委屈，数不清的情绪翻涌至喉头，我几乎下意识地唤了一声："妈妈……"

养母目光一凝，快步上前，斥道："你们眼瞎吗？她的手在流血，没看到吗？"

生父不以为意："就破点皮，有什么要紧的？"

生母从地上捡起脏污的纸团，压在我手指上："走吧，咱们回家。"

他们继续将我往外拽。养母单薄却有力的手，紧紧地扣住我的手腕。

她冷峻开口道："你们说不要就不要，说带走就带走。她是个人，不是路边的野猫野狗。而且当初你们可是收了钱的。"

我一怔，呆呆地看向生母，她心虚地躲避了我的视线。

生父沉下脸："不就是两千块钱？等我们拿到两万块钱的人口补贴，把那两千块钱还给你就是。"

楚琦也冲出来了，他从背后死死搂住我："小珏已经是我妹妹了，你们谁也别想把她带走。"

我回头看他，眼泪忍不住滚落下来。

他凶我道："哭什么哭？你个笨蛋，倒是使劲啊！"

双方拉扯争吵的动静很大，拉扯间养母头发散了，大衣扣子都被拽掉了一颗。

邻居们都被惊动了，纷纷上前帮养母护住我。

养母得了空，捋了一把自己杂乱的头发，看向我的眼神很复杂："你要不要跟他们走？"

生母喘口气，笑了笑："她是我千辛万苦生的，肯定会跟我走。"

生父也一脸的志在必得。

我小心翼翼地牵住养母的手："我想留下来，跟你和哥哥在一起。"

楚琦激动得跳起来，大声道："听到没听到没？她想跟我们一起，你们赶紧从我家滚出去！"

生父大怒，他抬起手来抽我一个耳光："老子生你养你七年，几个月你就忘光光了。老子打死你这个白眼狼！"

从小到大他都是这样，稍有不快，就对我拳打脚踢。

恐惧被镌刻在骨子里，我定在原地，本能地伸手护住自己的头。

关键时刻，养母一把将我拉到身后，那一巴掌，结结实实地抽在了她脸上。

她的脸迅速肿了起来，嘴角渗出了血渍。

楚琦如炮弹一样冲出去，狠狠撞在生父的肚子上："你敢欺负我妈，我打死你！"

烈火一样的愤怒在我体内燃烧，我一口咬在生父的胳膊上。

生父打了女人，邻居们看不下去，全都冲上来，齐心协力将他扭住。

生父咆哮着："她是我的种，我想打就打，想骂就骂！我带走她天经地义，你们凭什么拦我？！"

养母捂着脸冷笑，毫不畏惧道："你们收了两千块，把自己女儿卖了！卖儿童是犯法的，抓起来要判刑，至少三五年！"

刘婶眼珠子转了转，赶紧附和："对对对！楚琦你别愣着，赶紧报警！"

生父神色惊疑不定："我把自己的孩子送人，也犯法？"

养母大声道："收了钱就是卖，肯定犯法！"

此时楚琦已经拿起了客厅的座机。

养母一字一句质问："我再问你们最后一次，你们仔细看清楚，小珏是你们孩子吗？"

生母已经被唬住，一边拽生父，一边讪讪地笑着："认错了认错了，我们认错了！"

生父心有不甘，但又惧怕警察，便任由生母拽着走。两人已经到了楼梯口，生母又跑回来，从兜里拿出用报纸包着的一小把薄荷糖，眼眶发红："给你吃。"

我摇摇头，没接，说："这糖太苦，我不爱吃。"

长大后我才明白，幼年的我觉得薄荷糖好吃，是因为吃了很多苦，一点点的好便让我觉得很甜很甜。今天实际上，我本不需要吃那些苦的。

看热闹的人散尽，养母在洗手间照镜子。她换掉了那件掉扣子的大衣，用梳子一下一下将自己凌乱的头发梳得一丝不乱。

她拿着消肿的药膏，轻轻抹在自己脸上。她平日是个精致仔细的人，哪怕出门买菜，头发也打理得不乱。今天为了我，却弄得披头散发，脸颊红肿。

我心头愧疚，低声致歉道："对不起，阿姨……"

养母脸色沉沉，讥讽道："有事喊我妈妈，没事就喊我阿姨，你逗我玩呢？"

我急急解释道："我不是，我是怕，怕你不……"

她扔下药膏，径直走到我面前，凶巴巴地说："叫！"

“啊？”

她拔高语调：“叫妈！”

我抬眸看她。

她又凶又冷，几乎不对我笑。可是这几个月来，她从来没有打过我饿过我。她的卧室门从未上过锁，无论何时我都能打开那扇门。她从未把我一个人扔在家里，外出时只要带上哥哥，也必定会带上我。人来人往的大街上，不管我走得快还是慢，一回头，她一定会在我身后。

她很好。

我是怕。

我不配……

回忆纷涌，我喉头哽咽，颤声轻呼：“妈妈……”

养母眼眶里都是血丝，一巴掌拍在我后脑勺上：“说过多少次，不要给陌生人开门，以后记住了吗？”

眼泪被拍落，颗颗砸落地面。

我重重地点头：“我记住了！”

“我一会儿给你请假，你收拾一下自己的行李吧！”

02

我心内咯噔一下。

养母剜我一眼：“你亲爹妈都已经知道你住哪儿了，保不齐下次还来。为了你这一声妈，我可亏大了。”

她雷厉风行，当晚我们就搬到小叔的一处空置的房子里。小婶已经提前把房子简单拾掇了一下。

冬日飞雪纷纷，在寂静的黄昏簌簌落下。雪天路滑，马路上的桑塔纳行驶缓慢。天地万物，似乎都因一场大雪变得温柔。

小婶拉着我的手笑眯眯道："小珏越来越漂亮了，我已经把过年的新衣服买好了，等你给我拜年了，我就给你！咱们以后住得近了，你要常来小婶家玩。"

说完她又训哥哥："楚琦，见了我不叫人？你现在越来越没大没小了，今年的压岁钱不想要了？"

跟我们两个孩子闹完，她跟养母抱怨小叔："楚海跑去什么艺术学院进修了，还是闹着要去当演员。这都一大把年纪了，他们楚家的男人，没一个靠谱的！"

虽搬了家，却只能等下学期再转学。过了周末后我回学校，同学们都对我指指点点。

"原来她是被亲爸妈卖掉的。"

"得多惹人讨厌才能被卖掉啊！我家的狗生了小狗，我妈妈都舍不得卖呢！"

"她养父买了她也从不来接送她，肯定也讨厌她！"

我原本就没有朋友，如今更惨了，走到哪里都像是瘟疫，同学们避之唯恐不及。好不容易挨到放学，我背着书包迫不及待要逃离。

我一路跑到校门口，听到一道熟悉的声线："小珏……"

雪后初晴，夕阳如碎金，洒落在皑皑白雪上。养父靠着摩托车，站在一棵堆满雪的松树下。他的手上提着一串巨大的风铃，是用五颜六色的石头穿制而成的。风一吹，松树上的细雪洒落，石头撞击，发出清脆的声响，像是来自天堂的乐章。

他晃动着手里的风铃："小珏，这是我答应送你的礼物。"

放学时校门口正是人多，养父如此招摇，吸引了很多人的视线。他灿烂地笑着，指着摩托车头吊着的一大串七彩棒棒糖。

“我是小珏的爸爸，你们都是她朋友吗？如果是的话，可以来拿一个糖吃哟！”

同学们迟疑了一下，有胆大的过来，取了糖果后又要求看风铃。

养父笑眯眯地说：“这是我送给小珏的，你问问她愿意吗。”

我点点头。

很快，我被一群人围住，有些人我甚至都不认识。他们都羡慕不已。

“这风铃好大好漂亮！”

“我也好想要一个呀！”

“你爸爸对你可真好！”

…………

不知过了多久，楚琦也放学了。

他拉着脸过来，摆手驱赶：“行了行了，下回再看，我们得回家了。”

人流散尽。车上挂的棒棒糖早就被取光，养父变魔术一般又从兜里变出两个大的。

他递给我和哥哥：“还好我留了一手！坐好了，我们要出发了！”

养父坐前面，我坐中间，哥哥坐最后。

摩托车轰鸣，激起树上的碎雪，纷纷扬扬洒落在我们肩上。

我抱着养父的腰，问：“爸爸，你还没回过家吗？”

车尾巴上还挂着他的行李。寒风送来养父有些气愤的话语：“回去了，家里没人，都被搬空了！我还以为自己走错了呢！”

到了新家后，养父抱怨养母搬家也不打个招呼。

养母举着锅铲冲出厨房，说道：“我怎么跟你打招呼？我联系得上你吗？你知不知道我头发被拽散了？我还被人打了一巴掌！”

泪水在养母的眼眶里打转转，她回身往厨房走：“我要你这男人有何用！”

养父怔了下，满脸愧疚。他不顾养母的反对，死皮赖脸贴上去。

两人前后脚进了厨房，厨房门被锁上了。

我有点急：“哥哥，爸爸妈妈不会打起来吧？”

楚琦一把拽住我，笑道：“别管他们，我爸嘴甜着呢。我妈蠢得要死，一会儿肯定又被哄住了。”

楚琦比我大四岁，那会儿大概正处在叛逆期吧，主打一个看谁都不爽，见谁谁蠢货。他开了大肚子彩电看得气定神闲，我闻着厨房里饭菜烧煳的味道如坐针毡。

过了大概半个小时，门总算开了。

养母面色酡红，双眸里似乎还含着泪，用锅铲把对着养父一顿敲：“赶紧去洗澡，身上都能搓下来三斤泥。”

养父嬉皮笑脸：“就去就去，夫人的话无敢不从！”

楚琦翻了个白眼，嘀嘀咕咕道：“我就说不用急，他巧舌如簧！”

养父经过客厅，顺手关了电视，板着脸问：“作业做完了吗？就在这看电视！”

过年，我穿着崭新的红棉袄和新靴子，戴着养母给我买的红发卡，收到了许多压岁钱。爷爷奶奶、小叔小婶、姑姑姑父、外公外婆、舅舅舅妈、姨妈姨夫……每个人都给了我五十元。对我来说，这是巨款了。

以前在乡下，我是没有压岁钱的。亲戚们都会把压岁钱给姐姐，但那钱姐姐也拿不到手上，只是做做样子，很快就要上交给爸妈。可现在，他们给我和哥哥一人一份。

晚上回到家，我把钱交给养母。

她瞪我一眼：“你给我干吗？自己的钱自己收着，我可不帮你保管，到时候弄丢了我还得赔你！”

楚琦带我去买了一个只能进不能出的存钱罐，我把所有的压岁钱都存了进去。

他神情严肃地说道：“你把钱都存进去了，万一要买点东西怎么办？”

“我有吃有喝，我不需要买东西！”

楚琦笑道：“瞧你那小家子气。除了吃喝，我们还可以买点自己喜欢的东西，贴纸、明信片，你们女孩子买点发卡、信纸，丑得要死的笔什么的。”

他从口袋里掏出钱，犹豫了半天，无比肉疼地抽出一张五十元钞票递给我。

“这个是我给你的压岁钱，拿去花！”

窗外白雪皑皑，屋内却暖意融融。我仰起头看楚琦，眼眶不由得濡湿了。

我轻轻地问他：“哥哥，我不要钱，我可以抱一下你吗？”

楚琦满脸戒备和狐疑。

我垂下眼睑：“不抱也没事的。”

下一秒，楚琦伸手，轻轻抱住了我，语气嫌弃道：“你眼里装了自来水管吗？动不动就哭，女孩子就是麻烦。”

我鼻子酸得厉害，问：“你会一直是我哥哥吗？”

“废话！”他豪气地回答后，伸手生疏地拍着我的后脑勺，放软了语调，“你别哭了，我可以把我所有的爱都分给你！——分你一半！”

人啊，就是很贪心。从前我觉得一点点的爱，就足够我活下去。现在我却盼着，以后的每一天，都是跟今天一样美的梦境。

这年，养父在家一直待到三月底。

公园里的杏花开了，他骑着自行车，养母斜坐在车后座上，揽住他的腰。春天的风卷起养母的浅色风衣，露出里面碎花裙的裙摆。三月的阳光落满她一身，把她的眼角眉梢都涂上温柔的颜色。

她真美！

比电视剧里下凡的七仙女还要美。

骑了两圈后，养父停了下来。

他喘着粗气，微笑着说："我准备买一个手机，以后无论我在哪儿，你都能随时联系上我！"

养母的笑凝在脸上，问："你又要走？待在家里，会要了你的命吗？"

养父还是走了。或许他前世是一只信天翁，这种鸟只在寻求配偶和抚养幼崽时落地，其余时间一直在天空飞翔。

漂泊，一直在路上，才是养父的宿命。

日子就这样过了几年。

楚琦上高中了，他本来成绩不错的，但中考发挥失常，没考上市里最好的高中。

养母急得落了泪，养父在电话里却相对淡然："学习很重要，但最重要的还是做人。高中还是三年，不要急嘛。"

养母所在的国企效益不好，已经前后有三批职工下岗。

每年冬夏，我和哥哥总是容易生病。养母得带着我们上医院，盯着我们吃药，夜里起来给我们盖被子……有时养母给养父打电话，但手机信号不好，养父时常接不到。

那时网络论坛开始发展。养父长得帅，时常在流浪，又有艺术气质，他出圈了，很多人追随他流浪的脚步，就为了能与他有艺术上的交集。还有很多年轻姑娘会在论坛里晒出跟养父的合照。

养父赚的钱越来越多，他几乎都交给养母。

可养母越来越不爱笑了。她有时候开着电视，躺在沙发上发呆，半夜两三点也不睡。

以前她只要出门，必定会好好收拾一番。现在她连保湿霜都不擦。

那是一个平常至极的八月天的傍晚，天很热，窗外飘来西瓜的清香。养母给了楚琦二十块钱，让他去街对面的水果店买个西瓜。

楚琦下去没多久，她打开临街的窗户，喊道："再带一瓶酱油！"

楚琦停下脚步，次第亮起的路灯的灯光将他包裹，他站在温柔的光芒里，微笑回头喊道："听到了……"

也就是这一瞬，一辆失控的轿车冲过来，直直撞在哥哥身上。

那一刻，天地都失去颜色，耳朵隆隆作响。

大约五秒的停顿后，养母发出一声撕心裂肺的尖叫，疯一般地往外冲去。她整个人在颤抖，鞋子都没穿，理智尽失。

哥哥浑身是血地躺在地上，我头脑空白，可我已经十二岁了，养母乱了，我就必须稳住。我先打电话叫了救护车，然后再给住得近的小叔小婶打电话。

医院离得近，救护车来得很快。楚琦伤势复杂，马上被推进急救室。

养母一直在哭，深深自责道："我不喊那一声就好了，我不喊他他就往前走了……"

小叔掏出手机："哥还不知道吧，我给他打个电话……"

电话打通后，小叔将手机递给养母。

那头传来一个年轻女声："楚老师在洗澡呢！您有事吗？我一会儿转告他！"

啪嗒！

手机从养母的手上掉落，她轻轻笑了，越笑越大声。

我很害怕，过去抱住她。她将头枕在我肩上，眼泪如涨潮的海水，很快将我的肩头湿透。

那一刻，我深深理解了养母的恐惧和无助。

我一直以为她是大人，坚强勇敢，无所不能。可其实她骨子里也住着需要呵护、需要依赖的小女孩。

手术室的灯一直亮着。

每一秒，我与养母都如同在油锅里煎熬。我在心里默默祈祷：如果老天非要带走一个人，那就带走我吧。过去的几年，我过得很幸福。我获得了以前从未得到过的爱，哪怕现在死了，我也值了。

也不知过了多久，天边泛起了鱼肚白。

一个跌跌撞撞的人影出现在走廊尽头——是养父。

他冲过来看了一眼手术室的红灯，然后红着眼紧紧抱住养母，声音又抖又哑："对不起，帆帆，我回来晚了。没事的，小琦一定会没事。我们的孩子一定会好好的，你别害怕！"

养母用力推开了他，她平静得像是暴风雨到来前的海面，一字一句分外清晰道："楚安邦，我们离婚吧！我们早该离了。"

养母碎碎念着："小琦能扛过去，他肯定能扛过去，他会没事的，他是一定要跟我的。"说着，她朝我看来，"至于小珏……"

我的心如同一张绷到极致的弓。

然后，我听到她长叹一声："如果她愿意，也可以跟着我。"

那根弦缓缓松开，我的眼眶蓄满了眼泪。

我紧紧捏着拳头，不让眼泪落下，轻轻说："妈妈，如果你们离婚，我还是跟着爸爸吧！"

养母神色复杂，哂笑道："也是，你是他带回来的，自然跟他亲近。"

我拼命摇头，紧紧抱着她：“不是的，妈妈。我还太小了，我已经尽量懂事，可还是给你添了很多麻烦。我不想你那么累，我希望你轻松、开心一点。在我心里，你永远是我唯一的妈妈。”

我抬起泪眼看养母，说道：“等我以后长大赚钱了，一定会对你和哥哥好的。你跟爸爸离婚后，我还能继续当你的孩子吗？只要能一个月……不，半年让我见一次你就可以。”

养母嘴唇轻颤，别过头去，用袖子狠狠擦了一把脸。

养父红着眼上前，一言不发地抱住养母，不管养母怎么打他掐他，他就是不动。如此闹了好一会儿，养母突然像是彻底崩溃一般，号啕大哭。

第一抹朝霞悄悄点亮东方的天空，养母崩溃的哭泣，在长长的走廊里回荡，像宣泄，又像是找不到出口的困兽在哀鸣。

好在老天眷顾，手术很顺利。但医生说后续的恢复期会很漫长，如果不注意，哥哥可能会落下终身残疾。

养父认真解释了电话里的那个女人。

那天他们一群人幕天席地地聚会，结果遇到暴雨。艺术家们骨子里大多疯疯癫癫，他们在大雨里奔跑、嬉闹，弄得一身湿后去河里洗澡。其中有位画家的小女友帮他们看着行李，接了那个电话。养父还给大家看了当时拍的一些照片。

养母神色淡淡地说：“这只是个导火索，我要跟你离婚，是因为日子过不下去了。”

她跟养父分房睡了。

亲朋们纷纷来劝，说哥哥目前这个情况，不适合提离婚。

但哥哥不这么想。出院回家后的第一顿晚饭，他在餐桌上当着养父的面说：“妈妈，你不用顾及我，如果你想离婚我支持你，我跟着你！”

那天，养父只吃了两口饭就落了筷子。

我下楼丢垃圾时，看到他坐在花坛边抽烟。路灯的光芒如此昏沉，却熨不平他眉心和眼角的皱纹。

他在氤氲的烟雾里朝我看来，眸底似乎凝聚着秋日哀伤的浓雾："小珏，我对你和哥哥不好吗？你们……怎么都不要我？"

"你很好，爸爸。你总是给我们很多惊喜，让同学都羡慕我。无论我想要的东西多贵，你都舍得买给我。可我不能随时召唤你，我肚子饿时，我生病时，我题目不会写时，下大雨我忘记带伞时……只有妈妈一直会在。"

成长的过程中，我们其实会有很多时刻，需要一个坚实的后盾和依靠。一旦我们自己熬过了那艰难的一刻，后面再多的关心，再多的弥补，也是枉然。

养母，她一定有过很多很多次这样靠自己挺过去的时刻吧。

养父神色震动，若有所思。

楚琦的身体不宜去学校，养母给他找了好几个家教，但高中课业紧，他还是难以跟上进度。

养母的单位再次裁员，这一次，她没有躲过。养父宽慰她说家里不差钱，正好借此机会休息，可养母更加低落。洗手间的垃圾桶里，每天都可以看到大把大把的头发。

期中考试后，养母去参加我的家长会。结束时，外面下起了暴雨。家长和学生们都挤在教学楼门口的过道里。没有屋檐的走廊挡不住风雨，暴雨被狂风拍散，短短一分钟，我的头发就湿透了。

家长们叽叽喳喳。

就在这时，有人喊了一声："楚珏妈妈，你的头发……"

一时间，众人纷纷看了过来。

养母的假发被狂风卷走，头皮暴露出来。湿透的稀疏头发，盖不住头上大片大片的斑秃。

由于过度震惊，我一时嘴巴都合不拢。

养母极为爱惜她的一头黑发，到底是什么时候它们变成了这样？

其实一切早有征兆，是我没有用心关注。

我真该死呀！

狂风暴雨，掩不住那些学生和家长的窃窃私语。

养母神色惊恐，追到雨里，我回过神，赶紧跟上去。

青石板的地面湿滑，她摔了一跤，却顾不上痛，捡起那顶湿漉漉的滴答着泥水的假发，手忙脚乱地往自己头上套。我的眼泪哗哗涌出，握住她的手腕，告诉她没关系的，没关系的。

可她如着了魔一般。就在此时，一把写着“青岛啤酒”的巨大绿伞撑在我们头顶。狂风暴雨之中，养父用两条腿和身体牢牢抵住那把伞，为我们撑开一方无雨的天空。

他朝我们挑眉：“我找楼下烧烤店借的，厉害吧？”

如今再想，其实有个词很适合养父——中年显眼包！

养母也怔住了。

养父还有更显眼的。

他单手护伞，另外一只手一拽，他那一头骚气的自来卷齐耳头发，竟然唰地一下掉了，露出一个光溜溜的头。

他嘴角带笑，眼底聚满爱的湿意：“帆帆，没事，咱不戴假发了。我是光头照样帅！你就算头发掉光，在我眼里也是最美的！”

养母已经惊得说不出话了。

养父朝看热闹的同学和家长笑着招招手：“见笑了，我跟我家夫人是情侣头……这几年最流行情侣衣、情侣鞋、情侣头……”

养母脸已经红透了，也顾不上假发了，拽着养父：“赶紧回家吧，别丢人了……流行的是情侣头像，不是情侣光头！”

养父居中撑着硕大的伞，我跟养母一左一右站在他身侧。暴雨狠狠拍打着伞面，却击不穿这道爱的防线。走出一小段后我回头，看到养父和养母的假发被汇聚的雨水一路冲，冲进了花丛旁的水沟之中。

到了家，我让养父母先上楼，我要在楼下小超市买点东西。

回家后，我钻进哥哥的房间，锁好门后一阵捣鼓。

养母第三次敲门后，我把门打开，朝她大声喊："Suprise（惊喜）！"

我找楼下理发店借了个推子，跟楚琦一起，把对方都理成了光头。

养母极度震惊，指着我们半天说不出话。

我上前，伸手轻轻抱住她："妈妈，我变成光头了，还是你可爱的女儿吗？"

养母含泪，带着怨气："不然呢？剃成光头我就扔了你？"

"所以，你头发全掉光了，也依然这世上我最爱的妈妈。在我和哥哥眼里，你永远是最漂亮的妈妈。"

养母擦了擦眼泪，盯着楚琦："你剃个光头就算了，反正不出门，三两天就长起来了。小珏是个女孩子，你怎么由着她胡闹？"

养父听到动静过来了，看到我们后，打了个响指："哇，小珏你好酷！我敢肯定，你会是全校最酷的女孩。"

养母狠狠嗔他："你闭嘴吧，小珏是个女孩子，别跟你学得没个正形！"

养父上前，抱住她："恰恰相反，我觉得她现在很好。帆帆，是你把他们教得这么好。这些年辛苦你了！以后这重担就交给我，好吗？"

那一瞬，养母的泪滂沱而下。她把脸别到一侧，呜咽着。养父将我拉过去，哥哥也用屁股蹭过来，我们一家四口紧紧抱在一起。

外面的狂风暴雨还在继续，可我知道，在我们家下了几个月的雨，已经停了。

03

抱头痛哭好一会儿，养父搂着养母进了房间。

我则开着门，在楚琦房间里写作业。没一会儿，我听到养父母的房间里有声音。

我竖起耳朵："好像是妈妈在哭，我去看看……"

楚珏一把拽住我："看什么？写你的作业吧。"

"可是妈妈……"

"她哭有爸爸在呢。你先告诉我，这题你为什么错了？粗心大意，以后考试要吃亏！"

"你凭什么说我？你自己错题比我还多！"

"楚珏，这是你跟哥哥说话的态度？"

我朝他吐舌头："略略略……你跳起来打我啊！"

楚琦气得半死："你等着，小光头，等爷腿好了，看我不揍死你！"

那天夜里三点，我起来上厕所，发现养父还在一楼的工作室画画。

在那个风雨飘摇、情绪大起大落的夜里，他画出了他的绘画生涯中评价最高的作品——《短发》。

我第二天起床上学时，养母还没起来。

养父偷偷塞给我十块钱，说："你妈昨天累了，你拿着钱去外面买吃的，就跟你妈说我给你煮的面。"

养母嫌外面的吃食不干净，平时我都是在家吃的。

我顶着光头去学校，果然成了全校最靓的崽。教导主任找我谈话，听完我的一番解释后感动得眼泪哗哗的。

“就不让你做检讨了，以后戴顶帽子上学吧。”

我趁热打铁：“老师，那你能把我的课外书还给我吗？都是用妈妈给的零花钱买的，呜呜呜……”

教导主任眼泪瞬间收住，瞪我一眼：“想得倒挺美。看来上次的检讨书写得不够深刻，再写一份！”

呃……

果然姜还是老的辣。

养父带养母去看医生。

医生说养母是精神压力太大，才导致的斑秃，一定要保持轻松愉快的心态。那些日子他们感情好得很，养母也不再戴假发，别人如果问起，她也能大方地回答。

楚琦的身体似乎也熬过了一个节点，恢复速度大大加快。立冬后他去医院复查，医生说他目前的情况可以去上学了，但还是有一些注意事项。

养母文笔不错，平日里也爱看书看电影。当初她与养父就是因为共同的爱好、精神的共鸣才走到一起的。养父推荐她在一家平台写影评、书评。虽然稿费不多，但养母文化底蕴深厚，娓娓道来，收获了一拨读者和朋友。她重新找到了自己的价值。

楚琦复课后，比从前更努力专心，成绩稳步向上。这样和谐的日子过了一年多，我几乎以为我们会一直这么幸福下去。

直到那个寻常至极的中午，下课铃一响，我跟着同学们，像是出栏的牛崽一样冲向食堂。年少的我们，身体仿佛是无底洞一般，总是很容易饿。

去得早，才能打到自己喜欢的菜，才能尽快吃上饭。

总算轮到我，我伸长脖子对着低头打菜的阿姨甜甜开口：

“阿姨，我想要一份糖醋排骨，能多给我几块排骨吗？”

阿姨抬起头，我看到那张脸后，几乎握不住手里的饭盒。她穿着统一的工作服，脊背微微弯着，眼角爬满密密的皱纹。

她比噩梦里的模样老了许多，但我还是一眼认出了她——我的生母。

她也呆住了。

愣了好几秒后，她试探性地开口：“来娣，你是来娣？”

她握着菜勺的手微微发抖，眼泪在她的眼眶里打着转转：“来娣，你不认识我了吗？我是你妈妈呀！”

我定在原地，浑身冰冷。一年级时遭遇的那些议论，潮水一般往我耳朵里涌：

“原来她是被亲爸亲妈卖掉的！”

“……我家的狗生了小狗，我妈妈都舍不得卖呢！”

生母激动得从窗口伸出手，一把握住我的手腕：“老天有眼，来娣，妈妈总算找到你了！妈妈错了，以后妈妈一定会全力护着你，你跟我回家吧。”

身后排队的人在催促：“到底打不打菜啊？”

我猛然醒转，一把甩开她的手，一字一句道：“阿姨，麻烦打一份糖醋排骨，谢谢！”

生母眼泪汪汪，神色怔怔。

我加大音量：“一份糖醋排骨。”

食堂领导上前，训道：“愣着干吗？学生等着呢！”

生母这才擦了眼泪。她给我打了满满一勺排骨，但瞟见领导拉长的脸，又把排骨抖落一半。真的很好笑，连几块排骨都不敢多给我，居然敢大言不惭说会全力护着我。

我没承认。

生母不肯放弃。放学时她躲在走廊柱子后，我经过时她一把拽住我，一把鼻涕一把泪地哭道："来娣，妈妈当初也是不得已！妈妈不是故意要将你送人的，这些年妈妈天天晚上做梦梦见你求我别把你送走。现在我能找到你，是天意，天意！"

她嗓门很大，同学们开始窃窃私语：

"这打饭的阿姨是楚珏她妈？"

"她爸不是画家，妈妈不是影评人吗？"

"原来她是被收养的啊！"

…………

生母一把鼻涕一把泪道："来娣，妈妈给你跪下，你原谅妈妈，跟妈妈回家好吗？"说着，她屈膝跪了下来。

我那时还不到十五岁呢，养父母把我保护得很好，好到我忘记人性本来有很多丑陋，好到我一时应付不了这样的阵仗。

我又气又委屈，红着脸朝她吼："我不会跟你回去！我永远不会跟你回去！"

看热闹的人越来越多，我像是被迫表演的猴子一样。

他们会怎么说我呢？嫌贫爱富？数典忘祖？没良心？白眼狼？

生母膝行着来拽我的衣袖。

正在我不知所措时，教导主任冲出来，他二话不说，朝着生母作揖道："大姐，我求你了，这里是学校，现在是放学时间，你不要在这儿闹好吗？"

我直挺挺地跪着，质问生母："如果我跟你儿子同时掉进水里，你只能救一个人，你会救谁？"

生母讷讷道："你……你们怎么会一起掉进水里？"

我拔高声调问："你会救谁？"

生母嘴唇轻颤："都……都要救！"

"撒谎！"我激动不已，"当初你们为了生儿子，把我锁在家里。大夏天你们不回来，我饿得只能吃馊饭。为了不给弟弟交罚款，你们拿了两千块让爸爸带走我。你们买卖儿童，你们犯法了，你们不怕我去告你们吗？”

生母眼珠子转动着，低声道：“我们咨询过了，你养父母那里没有证据的，告不了我们的！”

我肺都要气炸了。怒火在我体内燃烧，我红着眼冲上去狠狠撞倒她：“无耻！天底下怎么会有你这么无耻的人！”

生母摔了个四仰八叉。

保安这时也赶了过来，将生母带走了。

教导主任开车送我回家。我下车时，他叫住我，用前所未有的温柔语气说：“楚珏，你是个好孩子。错的是他们，是几千年的恶习，不是你！”

那一刻，我死死拧紧书包带子，才不至于号啕大哭。

是啊，我什么都没做错，为什么要一次次打破我平静幸福的生活？

生母闹出这么大动静，食堂辞退了她，可她并不放弃，天天守在校门外。

我上体育课时，她还会隔着围墙喊我的名字。

养父如临大敌，天天接送我上下学。

同学们大多数还是站在我这边的，但少不得还是会偷偷议论，毕竟这种事在学校也算大新闻了。好在很快就放暑假了。

马上就要上初三，养母给我报了补习班。

这天她接我回来后，发现养父不在家，工作室里他最近用的画板也不见了，手机也一直打不通。养母将从外面打包回来的烤鸭扔在餐桌上，脸色一寸寸冷了。

她冷笑道：“我就不该抱期望，他那样的人，就是没有脚的鸟，这辈子都在飞，只有死了才会落到地上。”

难道养父又一次踏上旅途了吗？我的心寸寸下坠。楚琦的脸上也有藏不住的失望。

养母去厨房做饭，没一会儿端出三碗面：“吃饭吧！”

面条似乎没煮熟，吃起来又硬又涩。

一家人正在难过，客厅门嘎吱一声开了。

养父抱着画板进门，嗔道：“吃饭也不等等我！”

养母捏紧筷子，冷嘲热讽：“我还以为你又去流浪了，毕竟外面的狗屎都是香的。”

养父扔下画板，不顾她的拒绝，捧着她的脸狠狠亲了一口：“瞎说，哪有你的屎香？”

养母狠狠剜他一眼。

养父清了清嗓子：“我给你们准备了一个大大的惊喜——下学期，我要去星城大学美术学院当老师了！”

养父这些年名气很大，星大已经数次向他递过橄榄枝，但他生性热爱自由，岂会囿于三尺讲台？所以之前都拒绝了。

养母太过震惊，仰头看着他，半天说不出话。

养父捏她的脸：“以后你可以摆师母的架子了……”

养母嘴唇微颤，眼眶渐渐红了：“安邦，这……这会不会束缚了你？”

养父哈哈一笑：“人这一生，总是有舍有得的。我已经流浪得够久了，以后，就让我做江湖上的传说吧。”

他一手抚着养母，一手揉揉我的头和满脸不情愿的楚琦的头，微笑着说：“你们是我最爱的人，这对我来说不是束缚，是获得。”

养父入职星大后，我和楚琦也转学到了星大的附属中学。

这可是市重点中学，很难考的，对于我和正要升高三的哥哥来说，无疑是天上掉馅饼的好事。

我恍然醒悟，问养父：“爸爸，你是为了让我摆脱生母他们，才答应当老师的吗？”

养父笑眯眯道：“是啊，爸爸就是这么伟大，不要太感动！”

我轻轻捏拳：“可是明明错的不是我们，为什么我们要让步？”

养父拍拍我的头，说：“因为爸爸妈妈爱你，不想拿你的前途、你的未来去争一个对错。等你成了大人就会知道，小小的让步会换来更广阔的空间。不必与身无长物的人计较短长，他们没什么东西好失去，所以无所畏惧。与他们相争，无论输赢，我们都是吃亏的。”

如今回头想想，养父给我的最宝贵的财富，是他教会我倾听、表达、尊重，还有忍让、豁达。他是星大的老师，我本可以直升高中部。可养父养母那么好，像是灿烂阳光，照亮我的人生。我也想当一颗星，纵使不能光芒万丈，也要发出自己的光，让他们能在灿灿银河里找到我，然后指着我，告诉旁人：“看，那是我的女儿！”

这一年，哥哥上高三，我上初三。为了能更好地照顾我们，也怕生母找到我们，养父在星大附近新开的楼盘买了新房。养母考了驾照，这样就能跟养父一起接送我和哥哥上下学，还有上各种补习班。

重点中学的学习气氛比我之前的学校紧张太多，每天不是在学校上课，就是在课外机构补课，又或者是上门一对一授课。

我记得那是个春日的傍晚，晚霞烧红了整片天空，小区里的玉兰花都开了，幽香浮动。厨房里的油烟机嗡嗡作响，养母不知又在准备什么好吃的。

我走神了。

一对一的老师宋流珠姐姐敲敲桌子，问：“想什么呢？”

“在乡下，这时候该种早稻了吧。”

那年我五岁，十分瘦小。别家这么大的孩子，一般是留在家里晒稻谷、赶鸡，我却要下田插秧。

一脚下去，泥浆没至我的大腿。勉强插完一排秧，再把腿拔出来时，上面吸附着两条水蛭。它们黑漆漆、软绵绵、鼓囊囊，紧紧扎在我腿里，吓得我嗷嗷叫。

生父快步上前，我以为他是要帮我拔掉水蛭。

可他一巴掌甩在我脸上，怒道：“你号什么？杀猪吗？”

我被扇倒在水田里，泥浆往我眼睛里、鼻孔里死命地钻。

窒息的感觉铺天盖地。

流珠姐姐的声音把我拉回现实，她说道：“是啊，我小时候最害怕田里的水蛭。记得我第一次下田给舅舅舅妈帮忙，就被两条水蛭吸住，吓得我尖叫。舅妈急得扔了稻子就来给我拔，根本拔不下来。后来还是舅舅用打火机燎了几下，才把它们弄掉。”

我那次没死成，大姐将我从泥浆里拔了出来。

生父不准我拔下水蛭：“练练胆子，这玩意儿有什么可怕的？”

我腿上扎着那两条水蛭，继续插秧，不敢停，更不敢哭。

那时，小小的我竟然以为，每个孩子都是会挨打的，天下的父亲都是这样凶残的。

流珠姐姐深深地看我一眼，道：“其实我是被舅舅舅妈收养的，他们很爱我。所以我才要更努力，等以后我有能力，换我来爱他们。小珏，你也要加油！”

是！等我长大，也要好好爱养父养母。所以，我必须要考个好大学，找个好工作，拥有向上的人生。

这一年昏天黑地。

好在功夫不负有心人，楚琦迎头赶上，擦边上了一所“985”院校，我也凭着自己的努力，过了星大附中的分数线。

给楚琦办升学宴这天，恰好中考出成绩。

养母得知我的成绩后，激动得眼泪汪汪：“这两个孩子都这么争气……”

养父揽住她的肩膀：“是啊，两个孩子都这么让人省心，不然咱们再生一个！”

养母顿时神色一变，狠狠剜他一眼：“做梦！你只管播种不管养活，说得倒是轻巧，你不知道我前些年……”

养父龇牙，一脸后悔。

得！又不知得哄多久。

楚琦报了外地的大学。人在天边，鞭长莫及。

养父母的一腔爱意，全部倾注在我身上，补习班哐哐哐给我加，鸡鸭鱼唰唰唰给我喂，检查功课，定期谈心，旁敲侧击我有没有早恋。唉。

我深深感受到了楚琦的好。因为他叛逆，幺蛾子多，他在的时候，养父母觉得我可乖可乖了。其实这些年，我也会听到邻里朋友的议论。

“一个养女，你们花那么多钱、那么多心思做什么？”

“钱还是要留着培养自己的孩子。”

“她迟早是要嫁出去的。”

“上那么多补习班，成绩也没多大进步。她亲生父母那样，基因就不行，还是别浪费那钱吧。”

但养父母一如既往，毫不动摇。我想，他们一定是老天爷专门派给我的心软的神吧。

04

那是漫长的三年，又是时光如梭的三年。

高考如期而至。

监考老师在检查密封袋时，我想到自己昨晚做的那个梦。

我梦见生父生母还是找到了我。我没有证据，告不了他们卖儿童。他们拽着我，要把我拖回去，嫁一个他们相中的男人，收一笔高额彩礼，补贴给弟弟娶老婆。

我深吸一口气。

考完试，我很快就成年了。我一定要考个好大学，我再也不需要监护人，到时候天王老子来了，也无法将我与养父母分开了。

出成绩那天，养父还有最后一堂课，请不掉假，必须上。下午一点，我跟养母就已经坐在电脑旁。她几乎一分钟就刷新一次。

“妈，还没到时间呢。”

养母瞪我一眼：“我试试鼠标灵不灵不行吗？”

“不然你去休息，我一会儿叫你。”我对她说道——养母有睡午觉的习惯。

“我今天不困。”

她就这么一直刷着刷着，网站突然能跳转了。

我输证件号时激动得手一直抖，还输错了一次。

养母急得汗珠滚落，连连道：“你怎么关键时刻掉链子？还不如我来！”

好在很快就输对，页面跳转。

我的分数显示了出来。

我与养母双手紧紧交握，一时间竟说不出话。

就在这时，手机响了。

接通后，我听到养父在那边说："同学们，今天我女儿出高考成绩，我这会儿必须要打个电话问问，耽误大家两分钟。"

他快步走出教室，迫不及待地问："分数查到了吗？小珏考得怎么样？要你查到后第一时间告诉我，怎么没给我发短信？我这课都没心思上了，早知道翘了算了，小珏高中都毕业了，这大学老师我可以不当了吧！"

养母眼眶里激动的泪生生被他逼回去："楚安邦，你敢撂挑子试试！"

"我随口说说，你快告诉我成绩！"

养母笑中带泪，看我一眼，道："考得还可以吧，603 分，比一本线高 75 分，应该能上个不错的'211'院校。"

养父在那边大吼一声："太好了，我就知道她行！"

那边远远传来一声询问："楚哥，小师妹考上了吗？"

"必须的，她可是我手把手教的。"

学生们哄笑道："楚哥你少吹牛，你教画画还行，文化课还是拉倒吧。"

"胆大包天，还想不想我教你们了？"

养母盯着手机发了几秒的呆，笑了笑："你爸开心得都忘了挂电话。他真像个永远也长不大的孩子。"

楚琦从外地赶回来了，给我带了当地特色小吃，我拿到时还微微冒着热气。

我嗔他："你现在是考试周吧，不用特意赶回来的。"

他朝我翻白眼："别太自作多情，我就是想爸妈了。"

但是晚上我们一家人出去庆祝，他喝了不少酒后拍着我的肩膀，大着舌头道："小珏，以后不管我们隔得多远，你人生中每一次开心，都可以跟哥哥分享。你永远是我最亲的妹妹！"

我伸手轻轻拥住他，回应道："嗯，你也是我最好的哥哥。"

是老天爷赐给我的礼物。

养母含泪看着我们："这才是兄妹该有的样子，以后少打打闹闹的。"

餐厅外的院子里有一棵李子树，上面挂满了绿中泛红的果子。

曾经，我也是村里的一棵李子树，风吹日晒，无人养护，纵使结果，也又苦又涩，连虫子都嫌弃。

是养父将我带出深山，嫁接在楚家这棵大树桩上，是养母不惜钱财，花费精力照顾，苦涩的我，才结出了甜蜜的果。

回去的路上，养母在楼下水果店买了一盒高价李子。

"刚才看你盯着院子里的李子树，是不是馋了？现在还挺贵的，买一盒尝尝鲜，等过半个月大量上市，咱可以天天买。"

李子好酸，酸得我直掉眼泪。

我扑到她怀里，泣不成声。

"妈妈，我爱你！还有，谢谢你！

"谢谢你当年愿意留下我。

"谢谢你一直照顾我，谢谢你没有信那些人说我基因不好的话。"

谢谢你，成就了我。

妈妈，我长大了。

我马上就成年了。

从今往后，为你自己而活吧。

你与爸爸，都为自己而活！

05

暑假我去打工了，做兼职赚了三千块钱。

我给养父母订了去云南的机票。

“妈妈，你跟爸爸一起去玩吧。我跟哥哥都长大了，我们会照顾自己的。”

从那一次开始，养母和养父就找到了新的生活方式。

他们一有时间就去旅游。他们在古都看名胜古迹，在旅游淡季的古城享受悠闲生活，在夏日的傍晚在小山村里依偎着看火烧云，在冬日的清晨不顾严寒在山顶等候日出。

养父是老师，还是有点束缚，所以也会遇到他上完课回来，养母已经收拾行囊准备出发的时候。

他忍不住在“相亲相爱一家人”群里抱怨：“你妈现在越来越不像话了……”

养母跳出来回应道：“你当年不就是这么对我的？我是以其人之道还治其人之身。”

我大学报的是本地的高校，后来又考上了另一所“985”院校的研究生。

在我读研究生期间，养父母说生父母又在寻我，但我没理会。

后来我谈了恋爱，双方开始商议结婚，可我心里总是不踏实。我想应该在婚前把这件事解决掉，于是决定跟生父母见一面，把事情都说清楚。

见面前夜，养父递给我一张纸，说：“本来想着他们要是再也不找你，这件事就不告诉你了。如今你收着，当个底牌吧。”

我约生父母在一家私密性比较好的餐厅见面。

生母进包厢时左看右看，叹道："这里的饭菜一定很贵吧？浪费这钱干吗？"

生父哼哼着："你倒是吃得好、穿得好。"

他们二十岁的儿子鹏程也跟过来了，不到一米七的个子，看上去得有一百六七十斤。聊天中知道他没考上大学，高中毕业后就出来工作。不过他眼高手低，每份工作都干不长。

他翻看着菜单，张口就来："服务员，给我们来三份鱼子酱、黑松露蘑菇汤，还有这个帝王蟹来个大的……"

服务员看向我。

我淡淡道："点这么贵的菜，一会儿可要自己买单！"

鹏程翻着白眼嘀咕："不是挺有钱的吗？这么抠！"

生母用力拽了拽他，示意他别说话。

他们问起我如今的情况，得知我准备结婚后，生父马上问："你准备要多少钱彩礼？"

"我们是自由恋爱，不准备要彩礼。"

生父母大惊："结婚怎么能不收彩礼呢？"

鹏程也道："你不收彩礼就嫁过去，婆家会觉得你是倒贴的，会瞧不上你的。"

生父沉声道："你大姐初中毕业都要了十八万彩礼呢，你研究生毕业，彩礼怎么着也得要个五十万吧，不然岂不是便宜了他们家？而且你弟马上也要结婚了，到时候买房买车都需要钱，你做姐姐的，这事你得出一份力！"

生母嘀咕道："而且你男朋友是外地的，你要是嫁过去，岂不是要去那边生活？太远了。到时候我们想看你都看不到。"

真可笑，跟这算计我的彩礼？跟这指点我的未来呢？

我懒得再虚与委蛇，说道："今天我约你们见面，不是要认你们。这辈子我只认养父养母是爸爸妈妈。我跟你们之间没有关系，希望你们以后不要再来打扰我的生活！”

生父早就憋不住了，此刻拍案而起，指着我的鼻子大骂：“你个没良心的！老子是你爹，没我就没你！你现在过上好日子了就翻脸不认人，想得倒美！”

我拔高声调，毫不示弱：“你当初卖我的时候，就该知道我们以后再也没关系。你们要是再纠缠不清，我会去法院告你们，说到做到！”

鹏程笑了笑：“姐，你说爸妈卖了你，你可没证据啊！那两千块钱，你有收据吗？”

生父大吼：“是啊，你有证据吗？”

真是无耻啊！

我深吸一口气，从包里掏出一张纸，狠狠拍在桌上：“看清楚！”

那是一张手写的承诺书。

初中那会儿，我以为是转学避过了生母的死缠烂打，其实不是，是养父给了五万块钱，平息了这场纠缠。那次他也留了个心眼，让养父母写了一份收了钱以后再也不来找我的承诺书。

“这就是证据。那时候我还未成年，你们收了钱，写了这个承诺书，就是承认卖子女！”

我盯着鹏程冷笑：“没事多读点书，别在网上随便查查，就以为自己真的全都懂！”

我拎着包站起来，恶狠狠地盯着生父母：“我警告你们，我已经成年了，你们现在强迫不了我做任何事！你们如果再去打扰我爸妈，再去找我，我保证会告你们。你们如果想这么一大把年纪还去牢里住几年，我一定成全你们！反正，我恨你们，巴不得你们不好过！”

生父气得脸涨红，浑身抖，抬手要来打我巴掌，我先下手为强，一下握住他的手腕。

我眸底全是恨意："那会儿你打我妈妈，我完全可以还给你！你老了，你打不过我，更斗不过我。如果不信邪，大可以试试！"

从餐厅出来，我看到养父母从车上下来。

我惊道："你们怎么过来了？"

养母瞪我一眼，道："来看看你是不是被人吃了，到时候我跟你爸好给你收骨头。"

养父则要温柔许多："你妈就是嘴硬，我们是来给你撑腰的。小垚，任何时候，爸爸妈妈都是你的后盾。"

傍晚，路灯亮起，从脚下一直绵延到视线尽头。

我紧紧抱住傲娇的养母："妈妈，我长大了，自己可以的！以后，我来做你们的后盾。"

生父母再也没来找过我，但是生母隔段时间会用陌生号码给我发短信。

生父因为喝酒摔了一跤中风了，走路只能挪小碎步，再也没力气打人了。

大姐被吸血太多，与家里关系冷淡，不怎么走动了。

鹏程一直无所事事，娶不到老婆。他还把生父看病的钱偷走，用来玩游戏充值。

生母问："来娣，我到底造了什么孽啊？我的命怎么这么苦！"

我想，她不会在乎我的答案。

纵使我告诉她原因，她也不会有任何改变。

所以，我再度拉黑了她的号码。

沸腾凉白开

我在盛璟的手机里发现一段聊天记录。

他把我给久久辅导作业时“河东狮吼”的视频发给了女助理。

他说：“这就是我宁愿在公司加班也不回家的原因。”

小助理回了个“心疼，抱抱”的表情，又补上一句：“盛经理你太难了，工作这么辛苦，回家还糟心。”

01

工作日的早上就像是打仗，我叫醒久久给她拿衣服，顺便伸长脖子吩咐在洗手间蹲厕所刷短视频的盛璟：“一会儿给久久烤两片面包。”

他模糊回了句什么。

等我终于把孩子弄起来打开厨房，面包机里空空如也。

水槽里堆着昨晚没洗的碗筷，发酵的气味直冲鼻端。

我给他打电话：“你碗没洗，面包也没烤。”

我做饭，他洗碗，这是早就定好的规矩。

“昨天回来太累了，你放那儿，我晚上回去洗。今天有早会，我来不及，你去外面给她买点吧。”

没时间烤面包，却能在马桶上蹲十几分钟。我还没说出口，电话就被挂断了。

送完孩子，我开始写稿。

婆婆年近八十岁，身体不好，不愿离开故土。我妈要给我哥带孩子。三年前，我不得已做了全职主妇。写稿也是最近一年来才开始的。

四五百块钱一篇的稿子，有时要反复修改。

盛璟还笑话过我："折腾到半夜十一二点，就为了这几个钱，何必呢？"

他不懂，每个月找他拿生活费时，他那一句轻飘飘的"上次给的一万多花完了"有多伤人。

从男人手里拿钱，总感觉仰人鼻息，直不起腰。一个月两三千元虽然不多，但那也是我的价值和底气。

我本来也是正正经经的"211"院校大学生，之前在职也是月薪过万呢。

中午给盛璟发信息，问他晚上是否加班，有一部我一直想看的科幻电影就要下线了。久久对这种题材的电影不感兴趣，我被她绊住，一直没来得及去看。

下午四点他回我："七点左右，我可以到家。"

我买了晚上七点二十的票，电影院在两公里外，并不远。可算一算，做全职主妇三年来，我去的次数屈指可数。

记得在学校恋爱时，我最喜欢跟他一起攒钱看电影。那时没钱，时间却充足。有时从影院出来是凌晨一两点，我们兴奋地讨论着影片情节，路上行人寥寥，唯有头顶低垂的月一路相伴。

我早早给久久做好了晚饭，又洗澡，化了个妆。甩开孩子和老公去看电影，想想就很期待。

然而晚上六点半，盛璟给我发来信息："小瑟，甲方叫我去吃饭，不用等我了。"

"我电影票都买好了。"

"抱歉，但这个甲方真的很重要，得罪不起，你体谅一下。明天，明天我一定早点回来。"

"今天是最后一天，明天就下线了。"

"那回头咱买个平台会员，在家里看也是一样的。"

怎么会一样呢？但我也不想再多说。

收了手机，我去洗手间卸妆。化妆棉将口红蹭开，糊了半个下巴。

久久凑过来，眨巴着大眼睛说道："妈妈，你不去看电影了？"

"不去了，爸爸要加班，回不来。"

"耶！那你可以辅导我写作业了。"

我卸了妆，换了衣服，客厅吸顶灯的白光落在我惨白的脸上，照得我像鬼一样。久久做作业并不安分，一会儿跟我聊同学，一会儿要喝水，一会儿上厕所，一会儿腰痛屁股痛的。让她做个加减法，说十遍都无法举一反三。眼看着九点多该睡觉了，我脾气渐渐上来，声调也高了："我都跟你说了多少遍了，可以用凑十法……"

门就在这时开了。

穿堂风吹过我的脚踝，小腿起了一层鸡皮疙瘩。盛璟靠在门边，揉了揉太阳穴，长长地吸了口气，才踏进门，仿佛这里不是他家，而是让他疲于应付的战场。

久久飞扑过去："爸爸，你总算回来了。你教我做一下这道题。"

盛璟在课桌前坐了十分钟，笑容渐渐消失。

然后他起身："爸爸一身酒气，得去洗澡。"

他蹲了很久的马桶，又洗了半个小时澡，等他从厕所出来，久久已经睡着了。棕色的浴袍裹住他微微凸起的小肚子，走廊的暖黄灯落在他头顶。不知何时开始，他那头茂密的黑发变得稀疏。

他紧皱着眉头说："你平时是怎么教久久的？怎么那么简单的题她都不会？咱们还是要注意方式方法，不要总凶她。"

我都气笑了："你要我别凶她，可你连十分钟都忍不了，你有没有想过我每天要这样几个小时甚至十几个小时？你觉得我不行，那你自己教啊！"

盛璟紧了紧浴袍："我哪有时间？我工作那么忙。"

我拔高声调道："盛璟，我也是有工作的。当初你哄我生孩子时，说好会一起带。你要我做全职太太时，也承诺会负起做爸爸的责任。为什么现在什么事都压在我身上？难道这孩子是我一个人的吗？"

盛璟看了眼次卧，说："好了，不吵了，一会儿把久久吓醒了。等下个月项目上了轨道，我就会轻松点，到时候我一定多承担一些。我累了，先睡了啊！"

客厅里还乱糟糟的。厨房的地也没拖。

我也不想管，进浴室洗澡。结果盛璟又没关淋浴室的门，水洒得到处都是，我不小心滑了一跤，膝盖磕在淋浴间的门槛石上。

这一瞬，疼痛几乎将我撕碎。我下意识"啊"了一声，坐在地上，缓了好半天，那劲才过去。我强撑着随便洗了洗，回到房间，盛璟正塞着耳机，背对着我玩游戏。

"下次洗澡记得关门，我刚才摔了一跤。"

他的眼睛并没有离开屏幕，敷衍回答："知道了知道了，你没事吧？”

我没回答。

他也没再问。

我拿起床头充电的手机，有楼下小弟发来的信息：“姐，我刚上厕所听到咚的一声，还听见你在喊，是不是摔了？没事吧？”

去年疫情严重，实行严格管控措施的时候，楼下几个租房的小年轻什么都没准备。我素来有囤货的习惯，分了他们一些米面油。此后我们便渐渐熟悉了。

耳边传来盛璟的鼾声，我回复了“没事”两个字。

第二天早上起来，膝盖还是隐隐作痛，导致我走路不利索。

盛璟发现了，问道：“你这腿怎么回事？”

“昨天洗澡摔了。”

“严重的话，就去医院看看。”他看了看墙上的挂钟，“要不今天我来送久久？她十分钟内出门的话，我赶得上早会。”

我一边往锅里打鸡蛋，一边说道：“小学要七点半才开门，你现在送，让她站在门口等吗？”

盛璟拿起车钥匙：“那我赶时间先走了。你有事随时给我电话。”

门砰的一声被拍上。

我的太阳穴突突地跳，说过无数次，关门开门轻一点，可他总是忘。

久久漱了口出来，弯腰轻轻环住我的腿：“妈妈，你是哪里痛？我施个魔法，把痛转移到我身上，这样妈妈就能好起来了。”

她小小的眼里盛满担忧。

我想起刚来这个城市那年，那时我跟盛璟租住动迁房。房子距离地铁站有段距离，坐公交车时间不确定，我就想学骑电瓶车，这样上下班到地铁站能省去很多时间。那会儿那一片入住率很低，路又宽到了夜晚没车没人，很适合学车。

盛璟的电动车又大又沉，离地也很高。我过于紧张，撞到路边的栏杆上，脚背上的皮蹭掉一大块。

当晚洗过澡，我的脚背就肿得像馒头。盛璟劝我去医院看看，我不肯。我讨厌且抗拒医院的消毒水味。

那天夜里，月光很亮。他从背后抱住我，声音微微发颤："去一趟医院吧，万一得破伤风会要人命的。假如你没了，我……我都不知道该怎么办。"

那个曾经那么关心我，将我放在心尖上的人，去哪里了呢？

盛璟又食言了。

下午五点他告诉我晚上部门聚餐，让我不用等他吃饭。

那时，我的米已经下了锅。昨天说过的话，他根本没往心里去吧。之前也闹过吵过，他会收敛十天半个月，然后故态复萌。

反反复复，我都已经倦了，甚至懒得回。他也不在乎，反正他通知过就好，至于我是否看到，那不重要。

晚上八点多，我正辅导孩子写作业，手机响了。是盛璟打来的，接起却是他的助理林玲的声音。

"嫂子，盛经理喝醉了走不动道，一直喊你名字，你快来接他吧。"

我匆匆将久久托付给小区里一位熟识的大妈，换双鞋子打车出门。我一路紧赶慢赶到了餐厅，包厢推开，盛璟好端端地坐在主位上。

下属们一阵起哄。

"一个小时不到就赶过来了，嫂子真是关心你啊！"

盛璟喝了酒，脸色酡红，微笑着喊："老婆……"

他右侧的林玲站起来："嫂子，来，坐这！"

那把椅子上，搭着盛璟的西装外套。

林玲嗔了一句："盛经理，你不该选大冒险的。你看嫂子急得衣服都没换。"

满桌的人都注意到我的穿着。

来得匆忙，我还穿着居家套装，脚上蹬着平底鞋。头发乱糟糟的，用一根黑色皮筋随意在后脑勺扎了一个丸子。

相比而言，林玲穿着长裙、高跟鞋，头发刻意打理过，就连口红也是新补的。她光彩照人。

盛璟的目光扫过我衣服胸前的油渍，微微皱眉。

我走过去，拿起椅子上的西装，垂眸问他："回家吗？"

林玲语气软糯地说道："嫂子你是不是生气了？你别怪盛经理，大冒险这个内容是我提的。时间还早，嫂子你既然来了，就一起玩会儿呗。"

我偏眸看她，淡淡地回道："这个点孩子要睡了，要不你回去帮我哄孩子，我留下来喝两杯？"

这下满桌的人都看出我情绪不佳。年龄大些的张哥率先站起："其实我老婆都催好几回了，咱们今天就到这吧。"

盛璟去洗手间，我拎着东西在门口等。

林玲凑过来，笑道："嫂子，当家庭主妇特别辛苦吧，盛经理说你都来不及做卫生，家里乱糟糟的。而且你看你都有鱼尾纹了，我给你推荐一款眼霜，特别好用！我用了都不长皱纹呢。"

我转头盯着她的眼睛看了几秒，笑了："我像你这么大时，啥也不用都不长皱纹不长痘。你也会结婚生孩子，也会老的。这样的手段，不要在我面前用。"

盛璟出来了。

林玲上前两步，仰头甜笑着问道："盛经理，我们顺路，你跟嫂子能带我一段吗？"

盛璟瞧了表情淡漠的我一眼，对林玲说："你自己打车吧，回头跟他们一样填报销单就是。"

02

回去时叫了个代驾，我们一起坐在后排。路灯的光不断流泻进车内，照得我们之间的空位宛若无法逾越的银河。

酒气缭绕里，他问："怎么不换身衣服就出门了？"

我只觉得无尽的疲倦："下次我一定盛装打扮，不给你丢脸。"

我也曾素颜参加辩论赛，结束后被四五个男孩要电话号码。我也曾脚踩十厘米高跟鞋，陪客户吃饭到晚上十点多散场。我也曾拖着长长裙摆，在年会上一舞惊艳四方。

是什么消磨了我的才华、能力和美貌？

盛璟揉着太阳穴："我就是随口一问，你说话能别像刺猬一样吗？你以前不是这样的！"

红灯。代驾眼观鼻，鼻观心。

车内光线昏暗，我一字一句回道："你以前，也不这样！你明知这时候我在辅导孩子写作业，还让林玲给我打电话，你是看不出她安的什么心吗？"

盛璟伸手来搂我："她就是个刚毕业的小姑娘，做事没分寸了点，你想多了。"

我推开他。

漫长的沉默里，他开口："知道了知道了，我以后会跟她保持距离的。我这么努力工作，不都是为了这个家吗？"

去接久久时，她正趴在窗边伸长脖子看。

门一开，她就扑到我怀里："妈妈，你总算回来了。我还以为你跟爸爸都不要我了。"

久久困极了，回家后洗把脸，闭上眼就睡了。

盛璟洗过澡后，伸手在我身上摸索，我背对着他，睁眼看着窗外的弯月，一动不动。几秒后，他的手收了回去。

很快鼾声响起，我却久久不能入眠。

好累。这样的日子，什么时候是个头呢？

日子就这样挨了半个月，久久要开家长会。之前家长会都是线上，这次是入小学后第一次线下家长会，定在晚上六点。

我跟盛璟反复确认，到时候他能回家陪久久，我去学校开家长会。

然而就在当天中午，他给我打电话："我临时有事，下午要出差去青岛，怎么推都推不掉，你帮我收拾两身衣服吧，我一会儿让人去取。"

我对着电话咆哮："盛璟，你还能不能说话算话一回？"

"你没上班不知道，我也是不得已，你体谅一下，好吗？"

一个小时后，有人敲门。是林玲。她扫了一眼客厅，又伸长脖子想看卧室。

我把袋子塞到她手里。

她打开后瞧了一眼，道："嫂子准备的怎么都是深色衣服？不如拿一套浅色的，穿着显年轻精神。"

我淡淡回道："生意场上，男人成熟稳重更能让客户放心。年轻好看，不是永远有优势的。"

林玲言语中带着挑衅："我觉得不管年轻还是成熟，能一直处在职场才最重要。"

我打发走了她，却悲哀地发现，她是对的。不一定要在职场，但一定要有自己的收入。

我把久久托付给小区里的大妈，开完家长会去接她时，她满头大汗，后背都湿透了。我给她洗了个澡。睡到半夜，我突然惊醒。

我打开久久的门一看，她双眼上翻，四肢僵直，呼吸急促，浑身滚烫，我怎么叫她都没反应。

那一刻我慌得不行，拿厚毯子将她一裹，抱着她往外跑。四公里外就有医院，这时候叫救护车还不如自己送过去快。

我抱着她蹲在小区门口，一边安慰人事不省的她，一边腾出手在手机上叫车。

凌晨一两点，根本没人接单。

久久开始吐白沫了。我眼泪哗哗地落，想打电话叫救护车，结果我手抖得厉害，手机直接掉在地上，屏幕碎了，手机黑屏了。

久久眼睛翻得全是眼白，我反复地按手机，就是开不了机。

这一刻，绝望和无助深深笼罩了我。我一边哭，一边抱着久久跌跌撞撞往医院跑。可夜这么深，甚至连个能帮我打电话的路人都没遇到。

我想死的心都有了。就在这时，一辆车开过来，车窗降下，迟疑的声音响起：“欧阳姐？”

是楼下的小伙程城。

他开着刚提不久的新车送我去医院，路上久久还吐在了他车上。到了医院，他又帮着我跑上跑下。

久久是高热惊厥，在车上症状就已经缓解了些，到医院用过退烧药，人也清醒了，现在就是没精神。

程城递给我一双拖鞋，说：“刚在医院小卖部买的。”

我这才发现，自己出门太急，竟然连鞋子都没穿。三月的天还很凉，此时后知后觉，感觉骨头都被冻透了。

“麻烦你了，又弄脏了你的车，我给你清洗费。”

“不用不用，去年要不是你接济米面油，说不定我都饿死了。而且那时我们几个发烧，也都是你给的退烧药。”他迟疑了下，问，“大哥呢？”

“他出差了。”

久久以前没有惊厥过，医生说最好做个全面的检查，看看是否有病理性因素。

程城帮我把手机弄好了，开机后，我跟盛璟的聊天记录还停留在昨天下午。

陪床一夜，我并没有睡好。第二天早上六点多，盛璟给我打电话，问我能不能在书房里帮他找一份文件。

“我在医院。”

“你怎么了？”

“我没事，是久久昨晚高热惊厥了。”

盛璟紧张起来，连连询问。我却不想再回忆细节，只觉得疲倦。

记得恋爱时，哪怕是手被蹭破了皮，我也要跟他哼哼唧唧半天。是从何时开始，不想再诉苦，不想再寻求关心的呢？

大概是从他渐渐对我淡漠，从我明白关心一万句不如陪伴五分钟开始的吧。久久做完了检查，万幸没问题，医生叮嘱，以后她发热，一定要及时处理。

到家不久，盛璟也提前结束行程回来了。

他抱着久久瞧了又瞧，又搂着我说：“老婆辛苦了。吓坏了吧？再过半个月，再过半个月我就没那么忙了。”

这话，三年来我耳朵都听得起茧子了。他打开公文包，抽出一个小盒子。

“我给你带了礼物。”

一盒贵妇眼霜。

他期待着我的肯定，而我却变了脸色。

上次在餐厅外，林玲嘲笑我鱼尾纹的话犹在耳边。

我质问：“是林玲推荐你买的？”

“同行的只有她是女的，所以就征询了一下她的意见。”盛璟还没有意识到问题所在，“这个很贵的。”

我捏紧那个盒子，尖锐的棱角将我的心都刺伤了。

“她上次说我老，说我满脸皱纹，现在让你买这个给我，是在嘲笑我吗？盛璟，你是不是也觉得我老，我难看？”

盛璟深吸一口气：“我一片好心，你不要无理取闹。我先去洗个澡。”

这个澡他洗得格外长。逃避，是他的一贯手段。

他的手机响了。

是推销的电话，我挂断后，有消息弹出。

林玲：“怎么样，我推荐的礼物，嫂子一定很喜欢吧？没有女人能抗拒这么昂贵的护肤品。”

再往上翻。

他们几乎每天都有聊天。

盛璟还把我给久久辅导作业时“河东狮吼”的视频发给了林玲。

盛璟：“这就是我宁愿在公司加班也不回家的原因。”

林玲回了个“心疼，抱抱”的表情：“盛经理你太难了，工作这么辛苦，回家还糟心。”

盛璟说要见甲方，没办法赶回来让我去看电影那天，下午五点多，林玲给盛璟发了消息：“盛经理，今天又要加班吗？我都跟姐妹约好了一起看电影，呜呜呜……”

盛璟："你做好分内工作，可以按时下班。票根留着，我给你报销，算是你近期加班的补偿。"

林玲回了一个"飞吻"的表情包："耶耶耶，盛哥万岁万岁万万岁！"

聊天记录很多，翻都翻不完。

我心里像是灌了铅，眼睛里像被塞进无数玻璃碎屑，刺痛异常！

而这时，浴室门开了，盛璟擦着头发出来，不少小水珠落在地板上，湿漉漉的。

他皱着眉，声音染着怒意："你翻我的手机？就这么不信任我！我精心给你选礼物，为了提前回来熬夜加班，我给甲方赔了多少笑脸！你在家一天天的也没事，连个孩子都带不好，动不动就生病去医院。我回来你连一句热乎话也没有，脸拉得两米长。"

他再次质问："欧阳瑟，你到底想怎么样？"

我站在走廊的吸顶灯下，脸被照出精力透支的蜡黄色。我深吸一口气，抬眸与他对视，平静道："盛璟，我们离婚吧！"

他怔住，似乎是不相信："你说什么？"

我一字一句道："我说，我们离婚吧！"

这是我第一次提离婚。这一瞬，仿佛心头的重石被移开，呼吸都顺畅了不少。

盛璟眉头紧皱，声音愠怒道："欧阳瑟，你至于吗？我一直恪守底线，也没有删过聊天记录，我问心无愧！"

嘀嗒嘀嗒……

墙上挂钟的声音，在安静的客厅里格外清晰。

我轻轻哂笑："或许你守住了底线，可你默许她越界了。她发那些亲密的表情包，说那些逾越尺度的话，她半夜十一点给你发与工作无关的信息，她甚至一再挑衅我，这些，你都不懂吗？

还是你享受这份暧昧，假装不懂？”

盛璟辩解道：“她是我助理，才二十二岁，是你太敏感，我们只是工作关系。”

我拿出手机，调出信息界面。

“那天久久生病，是楼下程城送我们去医院的，帮我跑上跑下。我问问他穿什么尺码，给他买一身衣服谢谢他。”

盛璟一把夺过手机：“都这么晚了，而且改天请吃饭就好了，干吗买衣服？”

“呵……”我笑了，“所以，你是知道尺度的。那为什么林玲晚上十点多问你哪件衣服好看，你还帮她选了呢？”

这样的问题，真的适合问一个已婚男士吗？

我还要继续质问，次卧的门开了。

久久探出头来，怯生生的样子，说道：“爸爸、妈妈，你们在吵架吗？”

盛璟转身摸摸她的头：“没有，爸妈在讨论周末带你去哪儿玩。”

他陪着久久进了房间，陪她聊天，哄她睡觉，半个小时都不出来。

他又在逃避。

他也许想着过一晚，这件事就不了了之。

03

第二天他主动提出送久久，结果十多分钟后我接到了他的电话。

“他们学校怎么没开门呢？”

他给我发了个定位。

我很无语。

“她们学校去年搬了校区，你去的是老校区，她现在在新校区。”

电话那头传来久久急切的声音：“爸爸你快点，我要迟到了。”

下午三点多，盛璟给我打来电话。

“今天三八节，我早点下班去接久久，然后回家接你，晚上咱出去吃。”

他素来嘴巴紧，这就算是在道歉。可我不想去。

他补了一句：“早上我都跟久久说好了。”

记得恋爱时，情人节想要出去吃饭，一座难寻。三八节也算是大节日，商场里的人居然不算多。或许，踏入婚姻之后，粉色泡泡就会破灭，只剩下日复一日的柴米油盐。

吃完火锅，盛璟带着我走进楼下的周大福。

“咱们买对戒指吧。”

我们当初是为了买房资格匆匆结婚的，没办婚礼，没有彩礼。

因为双方父母都无法助力，我们自己攒钱买房，甚至连结婚戒指都没买。这些年，事情一件接着一件，我一样贵重首饰都没舍得买。

店员拿出几对流行的黄金对戒。简约的款式，流畅的线条，在我无名指上放射出迷人的光泽。

盛璟盯着我的手看，说：“好看，很适合你。早该给你买了，就这对吧。”

店员喜滋滋要去开单，我却把戒指取下来，低声道：“何必呢？买这对戒指，是要庆祝我们离婚快乐吗？”

盛璟面色陡然一变，手里的男戒掉在玻璃台面上，发出叮的脆响。

“我答应一起吃饭，只是不想你再次对久久食言。”

孩子是脆弱的，我不希望久久也跟我一样，被一次次碾碎期盼。

店员面色尴尬，盛璟压抑着怒火。

这时，旁边柜台的久久朝我招手：“妈妈，这个项链很好看。”她睁着亮亮的眼睛，“这个拿出来给我妈妈戴一下可以吗？”

店员微笑道：“当然可以。”

店员小心取出项链，帮我戴上。

久久拍着小手：“妈妈你真美，这个项链比湘湘妈妈那条还好看。”

湘湘是她的同学。现在的孩子，暗地里其实都会比较。

我转身看向还站在戒指柜台的盛璟，微笑道：“就买这个吧，是你欠我的。”

我早该对自己好一点。心疼男人，没有好下场。

盛璟爽快地买了单。回去的路上，我跟久久坐后排。

进了家门，他的手机响个不停，都是工程上的事，一会儿这个项目缺了材料，一会儿那个项目少了人。

我跟他说过很多次别开免提，也给他买了蓝牙耳机，可他不用，他就这样将声音垃圾肆无忌惮地塞进我的耳朵。

我带久久进了次卧，哄她睡下后出来，盛璟人在书房，还锁了门。

记得那时装修书房，我坚持在里面装一张收纳床：“假如以后你惹我生气，我就一脚把你踹去睡书房。”

当时盛璟抱着我说：“想得美，我一定缠着你，绝对不走。你脾气这么坏，也就我受得了你。”

我甩开他，假装生气：“那你现在反悔还来得及。”

他沉默了几秒，轻声道：“不反悔，我想一辈子都被你凶。”

言犹在耳。算算时间，十年不到。

一辈子，真是太长了呀！

我收敛心绪，敲门：“盛璟，我是认真的。

“你还是出来，我们先商量一下，房子、车子、存款这些怎么分配。

“不管怎么样，久久必须跟着我。”

门嘎吱一声被拉开。

书房没有开灯。盛璟背光站在阴影处，整个人雾沉沉的。

“欧阳瑟，离婚不是上下嘴皮子碰碰的事。你想要久久的抚养权，可你没有工作，没有收入，法院是不会支持你的。”

“真好笑。”明明是想笑，我的声音却哽咽了，“当初我为这个家做的牺牲，如今成了你拿捏我的筹码。”

“我不是想拿捏你，只是我们还没到那一步。”他往前走两步，脸被客厅的光线照亮，伸手要拉我，“我哪里做得不好，我可以改，真的。”

我退后两步，避开他的手：“工作我可以找。”

“你已经当全职太太三年了，”他顿了顿，“工作不是那么好找的，你先试试看，等你找到合适的工作，我们再谈离婚的事。”

话难听刺心，却是事实，有工作才能有抚养权。

04

我熬夜修改简历，投了二十多家公司。简历投出去后，大多如石沉大海。好不容易有公司给我来电话，询问后得知我简历上空白的三年，不是在创业，而是做家庭主妇后，人事直接拒绝道：“对不起，我想你可能不适合我们公司。”

职场无情，没人会同情弱者。因为你弱，就代表其他同事需要帮你分担压力。

一连几天，我都很颓丧。盛璟倒是比之前下班早。

晚饭桌上，他看着满桌的外卖，微微皱眉：“给孩子吃这些，合适吗？”

“冰箱里有菜，看不下去就自己烧。”我回道。

我没胃口，吃了两口就打开电脑发简历。

没一会儿盛璟过来了，把热牛奶放在我手边：“我早说过，你空白期太长，很难找到合适的工作。”

他此刻真的像个杀人诛心的刽子手。

牛奶热过头，玻璃杯很烫。

我死死克制着泼他一脸的冲动，沮丧地开口：“可我现在很没安全感。”

我抬头看他，用尽我全部的演技说：“阿璟，以后能让我掌管家里的财务吗？”

盛璟迟疑了下，说：“好！”

他这次倒是说到做到，将所有的活期存款转给了我。

理财和定期时间没到，但有多少他也一一给我列了单子。

算下来还不到四十万元。

也正常。买房的时候，双方家里都无法助力，我们借了很多钱，还了近三年才还清。

那时又有了久久，我妈过来给我带孩子，我每个月还要给她工资。

后来久久上中班时被幼儿园老师投诉，我带她去查，被诊断是发育迟缓。医生建议我带久久做康复，并且多多陪伴。我嫂子又生二胎，我妈想回去带孙子。我不得已辞了职，带着久久，每天上午去幼儿园，下午坐一个多小时地铁去康复机构。

康复一个月要一万多元，加上房贷、车贷，还能存下这些钱，盛璟也确实没有乱花。

我将所有的东西归档，保留证据，笑着看向盛璟。

“这些都算是婚内财产，离婚的时候要平分，有多少我都记住了，希望你别转移。”

盛璟蒙了，过了好一会儿，他冷笑：“欧阳瑟，你刚才都是在演，你就这么不相信我，这么想离婚吗？

“分了这些钱又怎么样？让久久跟着你坐吃山空吗？

“你一天天在家就带带孩子，你吃什么买什么，我从来没说过你，你哪来这么多抱怨？你还想怎么样？”

已经不能再失望了。

我静静道：“婚，我是一定要离的。”

既然如此，又何必怕撕破脸皮？就是因为找工作千难万难，我更要捏紧如今自己该得的。已经离过婚的闺密告诉我，别相信人性，更别相信男人。只有金钱，才能给我们温暖和依靠。

盛璟拳头捏紧，愤愤地看着我：“你真是太让我失望了！”

说完，他摔门而去。

砰的一声，整个楼道似乎都在颤抖。

他彻夜未归。

第二天早上起来，手机里有盛璟下属张哥发来的消息：“嫂子，盛哥喝多了，昨晚就在我家睡的。

“听说你们因为林玲要离婚，其实盛哥跟她真的没什么，嫂子你别多心。

“盛哥工作忙，那也是为了你和久久，夫妻还是得互相体谅不是……”

不止他，好几个盛璟的朋友都来当和事佬。

一口一个男人不容易，为了孩子。

为了久久，我已经牺牲了三年。接下来，又会是多少年呢？

上午十一点多，盛璟给我发了信息。

盛璟：“以后工资都交给你，你不想做家务，就请个家政，你不想辅导作业，就多给久久报几个辅导班。”

盛璟：“你可以写稿子，或者去附近的炸鸡店上班。工资不高，但能给你交社保，还能兼顾接久久。”

盛璟：“离婚的事，别再提了。”

大学室友劝我：“他让步到这个程度，已经可以了。你们有孩子，离婚析产的话，你拿不到整套房子，到时候久久上学可能会有麻烦。

“比起我老公，老盛已经很不错了，你真的要慎重。”

真难受，明明依旧是我在做牺牲，可我还必须适可而止，感恩戴德。

玻璃窗内，有一只小飞虫被困在两扇折叠的玻璃之间，无论它往哪个方向飞，都寻不到出口。它一定很惶恐无助吧。

我拉开窗户，它立刻振翅飞走，转瞬就从眼前消失了。

我有一天也可以像它这样，脱离困境吗？

就在这时，电话响了。

居然是通知我下午三点去面试的。这一刻，我的心冲到了嗓子眼，极力克制才没有让自己兴奋地叫出来。挂断电话，我马上给盛璟发信息，告诉他我约了面试，他晚上得去接久久。

他回得很快：“我晚上要加班，那家公司太远，不适合你。”

“面试我一定要去，久久那边你想办法。”

我提前半小时到了地方。

这家公司总部在外地，现在想在这个城市设立一个项目点，公司主营业务跟我离职之前那家公司的差不多。

人事跟我聊完后，项目经理见了我。我们聊了很多业内的知识，不知不觉聊了一个小时。

临走的时候，她站起来跟我握手：“我不介意你过去三年空白，待遇也可以跟你之前的工作持平。但我们这个项目赶时间，所以前期至少半年会经常性加班，甚至要出差去外地。你需要平衡好家庭和工作的关系。如果你没问题，后天你就能来上班了。”

我很激动。这是多好的机会！她不介意我的过去，这个项目又是起步阶段，一旦我做好了，以后便是这边的元老。这会是我履历上浓墨重彩的一笔，足以弥补三年的空白。

出了办公室，我迫不及待地给我妈打电话，请求她过来帮我带几个月孩子。

她一听就乍毛了：“什么，你要离婚？

“你疯了吗？盛璟赚得不少，对你和久久也不错，他又不是真的养女人了，你离什么婚？”

我眼眶红了：“可是我很难受，妈妈，我每一天都很难过，我看不到希望。这或许是我唯一的机会，妈，求你帮我一把。”

我妈吼我道：“我哪有空给你带孩子？你哥的两个孩子快把我磨死了。我看你是吃得太饱了，你都三十多岁了，你要是二婚找不到他这样的了。你想离婚，我一万个不同意……”

傍晚的天，乌沉沉的。

我的心，一寸寸跌入谷底。我早该知道，我不是她最爱的孩子，她甚至当初找了无数理由，就为了不过来照顾我坐月子。

我今年三十三岁。我未来或许还有四十年，一万四千六百多天。

如果每一天都跟现在这样，我该怎么熬下去？

而且，不管我怎么劝说自己，离婚的念头在我脑子里已经是喷发的火山，怎么压都压不住。

我还来不及细想对策，进电话了，是久久的班主任。

接起后，电话那头久久泣不成声。

“妈妈，你怎么没来接我？你是不是不要我了？呜呜呜……”

班主任也指责，说我们做父母的太不负责任。

我又心疼又愧疚，连连道歉。

挂断电话后，发现盛璟给我发了信息。

盛璟：“大老板来我这儿了，我今天不能提前走。”

盛璟：“你想办法去接下久久吧。”

那时我已经在面试，手机静音，根本没看到。晚高峰，路堵得很，我只能耐着性子坐地铁。出了地铁，下雨了，我没带伞，怕久久等，就这样冒雨往学校冲。

久久坐在铁门后的长椅上，头深深地埋着，肩膀轻微地耸动。我哑着嗓子唤她，她转头看我，脸上满是泪水。

保安打开大门，她一下扑进我怀里，小声地说着：“妈妈，你别不要我，你跟爸爸不要离婚，我好害怕，我好害怕……”

原来她都知道。

我用衣服裹住她，暴雨砸在我的头上、脸上。我抱着她号啕大哭，分不清脸上是雨水还是泪水。

每个人都说我不该离婚，仿佛我在与世界为敌。

不离婚，我该怎么活下去呢？离了婚，我又该怎么养活孩子，平衡家庭与工作？

死局，这仿佛是解不开的死局。

05

哭了好一会儿，一辆车在我们面前停下。

车窗降下，盛璟伸长脖子喊道：“你疯了吗？带着久久在这儿淋雨，快上车！”

他打开了空调，冷热交替，我直打哆嗦。

“今天大老板来了，我不能在他眼皮子底下开溜。

“我给你发了信息你没看到吗？

“后来我跟他汇报项目上的事，手机静音了，老师给我打电话我也没接到。”

全程，他没有问过我面试如何。

回家我带着久久洗澡，她洗好后，我又多洗了一会儿。我在考虑请个全职保姆。

久久现在虽然勉强跟着在上小学，可是她方方面面还是落后同龄的孩子一些，需要更多的精力投入才可以。如果我经常性出差，能把她托付给保姆，或者盛璟吗？

盛璟敲了两次门：“还没洗好吗？饭上桌了。”

他烧的菜很难吃。我本来就没胃口，吃了两口就落了筷子。

他终于问起我的面试，得知我通过面试了，每个月基本工资还能有一万元，他明显愣了下。

“他们不介意你职场空白三年吗？”

又听说要出差、加班，他立马沉了脸：“这不行，你要出差、加班，久久怎么办？”

久久刷好牙出来：“妈妈，今天语文老师布置了作业，回家想想爸爸妈妈喜欢做什么，明天上课她要提问。”

我耐着性子说："那久久，你觉得爸爸妈妈喜欢做什么？"

"爸爸喜欢上班赚钱。"她看向我，迟疑了下，"妈妈喜欢做家务，玩电脑。"

我的眼眶瞬间红了。

盛璟纠正道："妈妈也不喜欢做家务，所以家里总是乱糟糟的。"

久久歪着头："那妈妈，你喜欢做什么？"

"妈妈也喜欢上班。"

"那妈妈你为什么没去上班？"

盛璟走过去摸她的头，说："久久，你该睡了。"

他牵着久久往次卧走，久久却挣脱他跑过来说："妈妈，今天我可以跟你一起睡吗？"

窗帘拉得紧紧的。小小的卧室里，只有小夜灯那微弱的光。

久久缩在我怀里，问："妈妈，今天老师还问了我们的梦想是什么。"

"那你的梦想是什么？"

"我想当公主。"

"那你已经实现了，你一直是爸爸妈妈的小公主。"

"是真正的公主，会有很多人觉得我好厉害的那种。"她靠在我胸口，"妈妈，你的梦想呢？"

"妈妈想当一只会飞的鸟。"

"是湘湘家那只鹦鹉小七那样的吗？"

"不！是那种在天空中没有束缚的、自由自在的、像大雁那样的鸟。"

久久沉默了很久。

她轻声地说："妈妈，你飞不起来，是我困住你了吗？"

我哽咽了，好半天才轻声回道："不，是妈妈自己困住了自己。"

我不能再如此下去，不然不止盛璟，就连在孩子的眼里，我也是没有价值的存在。

哄睡了久久，手机里有很多语音消息。

我妈、我爸、我哥、我姑姑，他们轮番劝我千万不能离婚，要好好握紧盛璟过日子。

盛璟在客厅等我，眉头蹙着。

"我们吵架的事，你没必要弄得尽人皆知吧，爸妈刚才都给我打电话了。

"你今天面试的工作不能去，你去了，久久怎么办？炸鸡店我都联系好了，你随时可以去上班。"

我抬眸看他："难道久久没有爸？你能加班能出差，我为什么就不能？"

"我跟你不一样。"

"有什么不一样？咱们读的是一个专业，学历也是一样的，当初我们的工资差别也不大。"

"我是男的，你是女的。"

我冷笑："所以我天生就该牺牲吗？这个工作我一定要去，先报个晚托班，顺便再物色保姆吧。"

盛璟几乎要掀桌子："你就是这么当妈的？"

"你如何当爸，我就如何当妈。孩子是我们共同的，以后你休想用她当筹码，逼我一再让步。"

这一夜，乌云蔽月。可我心里，亮起了湛湛月光。

会好的。熬过去，一切都会好的。可是现实给了我狠狠一击。

第二天一早，我打电话过去回复。

可经理接到我电话后沉默了很久，道："对不起，你恐怕不能来上班了。我不负责这个项目了，所以我定下的人，也不能作数。"

我拔高音调道："为什么？"

经理苦笑道："公司高层发现我怀孕了，纵使我一再保证不会影响工作，他们还是要调我回总部。"

职场，从来不会有男女公平。

晚上，盛璟下班回来得知这件事后道："我早跟你说过，想要重入职场没那么容易。或许人家只是一觉醒来觉得不合适了，所以找了个借口。"

我没希冀过他的理解和安慰，至少不该是这样再插我一刀。

手机里，林玲给我发了消息："嫂子，听说你最近找工作不顺利，我有个朋友开了一家咖啡厅，招兼职服务员，你要试试吗？每天工作五个小时，一个月有三千五百元工资，对你来说，已经很不错了。"

我的怒气值到了顶点，拿着手机冲到盛璟面前，歇斯底里道："我们还没离婚，你就这么纵容属下羞辱自己的老婆吗？"

盛璟皱眉："她也是一番好意。而且她说的这个工作，其实还不错。你现在这种情况，还能找到更好的吗？"

戳心一击！

我气得浑身发抖，狠狠甩了盛璟一巴掌。

我生气道："盛璟，你少瞧不起人！我一定会找到合适的工作！"

盛璟也气红了脸："欧阳瑟，你怎么认不清现实？你居然还动手打人，你必须跟我道歉，要不然以后我不会给你生活费。"

他居然用这个来威胁我。

我气急了，反手又是一巴掌。

很好，他脸肿了。

他眼珠充血，抬起手要打我。

我死死瞪着他，好几秒后，他的手垂了下去："我不跟你计较。"

我去洗手间洗脸。

镜子里的那个女人，双目猩红，面色狰狞。看啊，她多么面目可憎。她像黯淡的星星，像发霉的玫瑰，像发疯的野兽。可明明新婚时，她是一个双眼亮晶晶的少女。

我捂着嘴，泣不成声。也不知哭了多久，口袋里的手机响了。

陌生的号码。

接起后，是一个温和的男声："是欧阳瑟女士吗？"

"我不买房不买保险不办卡……"

"我是朝歌，你的编辑。我给你留言，你没回。"他顿了顿，"你遇到什么事了吗？"

或许是需要一个情绪的宣泄口，我哽咽着跟一个并不算熟悉的人说起自己的处境。

"也不是什么大事。"他笑了，"我可以给你提供一份工作。"

朝歌所在的公司是一家文化传媒公司，运营着许多短视频账号。

他们要招一些坐班编辑写短剧本，工作时间并不严格，工作可以带回家处理。

"底薪四千元，除了我们规定的稿子外，你还可以自己创作稿子，如果合适，我们也会收。如果稿子最终被拍出来，有好的收益，你也有提成。”

四千元底薪，在一线城市很低，但这份工作是有上升通道的。这对于现在的我而言，是绝处逢生，是柳暗花明，是溺水者唯一的稻草，我一定会牢牢抓住。

我擦干眼泪拉开厕所门。

盛璟从书房出来拽住我的胳膊，说：“欧阳瑟，你今天必须道歉，不然我真的一分钱的生活费都不给你！”

我看着他笑：“无所谓，我找到工作了。”

他怔住：“你开什么玩笑？”

第二天送久久上学的路上，我跟她说了自己要工作的事。

“妈妈，你是要飞起来了吗？”

“嗯。妈妈会尽全力。”

“妈妈，我也会好好学习，我可以跟着妈妈一起飞。”

我还怕孩子会多想，其实她比我预料的懂事得多。

说起来工作时间自由，其实，它要投入的精力更多。我得研究当下短视频用户的心理，得知道他们想看什么。有时一段一百字对话，要修改几十次。

朝歌人不错，但对工作要求严苛。我写的剧本，被一次又一次打回来。

部门同事都是刚毕业，家里备好房车，带着梦想来写稿的年轻小姑娘。我一个大龄已育妇女，显得与她们格格不入。

我每天都过得像是在打仗。甚至久久生病在医院挂水，我就带着电脑在旁边改稿子。

盛璟一直打击我、阻挠我：“能不能别玩手机了？孩子的功课你还管不管了？”

“都这个点了，米都还没下锅，你一天天到底在干吗？”

“一份四千块钱的工作，每天还要浪费时间通勤，还得给久久报晚托班、找一对一辅导，赚的还不如花出去的多，你这样有意义吗？”

当然有。意义就是有朝一日，我再也不用被你指着鼻子说“你必须跟我道歉，要不然我以后不会给你生活费”，意义就是有朝一日，我可以爬得更高，凭此带久久生活。

但他不懂。不，更应该说，他不相信我可以做到。

久久也比之前懂事了：“妈妈，一对一那么贵，我会好好学的。”

有时盛璟会辅导久久学习，但往往不到二十分钟，他就会把久久吼哭。

有一次他气急败坏道：“我怎么会有你这么蠢的女儿？！”

久久当场就哭了：“爸爸，妈妈从来不会骂我蠢。”

是的，我被久久气得半死时，也不曾说过她蠢。

那天盛璟把自己关在书房里很久，睡前跟我说：“以前你辅导久久，辛苦了。”

这暖心的话，就像是热天递给你一杯开水，不合时宜地烫手，没人会甘之如饴地喝下去。

盛璟以为是我情绪平稳，不再想离婚的事了。他渐渐放心，又恢复了以前的样子，早出晚归，动不动就加班、出差。

说好周末陪孩子去迪士尼，到了周五晚上就说周六要见客户。

可他不知道，我是一定要离婚的。不过我在等，等自己更强大、更有实力。

现在按兵不动，不过是不想将精力浪费在跟他吵闹上。时间太少，我必须拼尽全力往前跑，拼尽全力来丰富自己，直到我长成一棵不惧风雨的树。

转眼四个月过去。久久放暑假了，婆婆让我们把久久送回去，她跟公公带一段时间。

临走时，她拉住我的手说：“久久也大了，趁着你们还年轻，再生个儿子吧。

“一个孩子太孤单了，再说，有个儿子，久久以后也有娘家撑腰。”

我笑了：“妈，你是能资助我们钱，还是能帮我们带？”

盛璟不快，对我说：“妈也是为了我们好，你什么态度？”

他显然心动了。

我嗤之以鼻，再生一个，那我这辈子都别想解绑。做他的春秋大梦！

06

上个月，我跟朝歌提想写个剧本，主题是家庭主妇的困境。

他想让我写婚恋甜宠类剧本。为了能通过初审，我跟在他屁股后面念叨了半个月，给他写了不下十次大纲，甚至被他骂过神经质。

但开选题会那天，他关起门跟主编吵了一架。

从办公室出来，他脸色很差，将文件甩在我身上：“你最好给我写出点名堂，要是混不出名堂了，看我不弄死你。”

我夙兴夜寐，跟身边的很多主妇聊天，向她们请教，修改了无数次剧本。

如今，按照剧本拍摄的短剧已经开播十天，而我的工资和季度分成也发下来了。我盯着工资单看了半天，眼眶红了。

朝歌嗤笑：“瞧你这点出息，这就是洒洒水，你的福气还在后头呢。我实在不明白，你写得这么压抑，都是些家长里短，也不刺激，为什么播放量那么好？”

朝歌从未结过婚，纵使他共情能力很强，可对于婚姻还是不够了解。

我笑了笑：“因为婚姻的真相，从来不是甜甜的恋爱。对于女人来说，婚姻是束缚，是克制，是隐忍，是修行，是无数次为了孩子的妥协，是一次次的失望。它火了，我其实有点难过，因为这说明像我这样的主妇太多太多。”

傍晚，盛璟给我打电话：“今天晚上同事聚会，你也过来吧。”

我从公司直接赶过去。推开包厢门的那一瞬，里头所有人都怔了下。

我穿着小西装，踩着五厘米的高跟鞋，化了淡妆，算不上多美，但跟上次的邋遢和随意全然不同。

重点是，我现在眼里有了光。

林玲顺了顺头发，笑问：“听说嫂子现在在媒体公司上班，新兴行业，收入一定很高吧？”

但凡有点职场礼仪的人都知道，贸然问收入，非常失礼。

我还没回答，盛璟已经笑着开口：“一个月四千块钱，还不够付家教费和晚托班的费用。她非闹着要上，孩子和家务也都不管了，真是想不通。”

老张的老婆张嫂也在。

她对我笑了笑，温和道：“我倒是觉得有份工作也挺好的，刚起步，工资低是正常的，慢慢来。”

林玲叹气道：“我要是有人养着，巴不得明天就辞职。天天在家躺着，有人给钱花，多好呀！”

我倒了点开水洗杯子，说道：“那你很快就会有机会了。”

张嫂给我倒了一杯啤酒。

我举起杯子，微笑道：“我敬大家一杯，以后可能很少有机会一起吃饭了。因为我跟盛璟，很快就要离婚了。”

盛璟都蒙了。

我拿出工资条推到他面前：“我们发季度奖了，六万。”

算下来，我两万四一个月，跟盛璟的收入差别不大了。

满桌寂静。盛璟不敢置信，甚至还看了我手机里的银行到账记录。林玲眼底闪过难以掩饰的羡慕和忌妒。

这顿饭自然是不欢而散。

回家的车上，盛璟一言不发。我靠在车门上，看流淌的灯光。经过一大片桃园时，空气里飘来甜蜜的香味。原来这个城市的夏夜，如此迷人啊！

家门一关，盛璟终究还是按捺不住：“欧阳瑟，你今天过分了，当着我那么多下属的面说要离婚，你到底想干吗？”

“我想离婚啊，明天我们先去登记一下吧。”

如果不是该死的离婚冷静期，我真是一天都不想等。

他烦躁地抓着头发：“就按现在的日子过下去不好吗？你现在收入也高了，你觉得累，咱们再请个保姆……”

“不，请再多的保姆也没用，我就是不想跟你再过下去了。”

“为什么？咱们不是好好的吗？”

我静静地看着面色涨红的他，说道：“好的是你，不是我。

“我和你都不被父母偏爱，所以当初我们惺惺相惜，走到了一起。结婚的时候，我们彼此承诺，要给对方支持和宠爱，要让彼此成为更优秀的人。你那会儿换工作，工资不升反降，我支持你，因为我觉得你现在的行业更适合你。我鼓励你考二建考一建，你学习的时候，我从来不打扰你。我陪着你去见客户，跟人家老婆尽量多结交。

“我承诺的，我做到了。你呢？做到了吗？你支持我了吗？理解我了吗？鼓励我了吗？你连我考驾照都不支持，我每次去练车你就说自己要加班，说反正家里也买不起两台车。你还跟年轻小姑娘玩暧昧。”

盛璟的喉结反复滚动，涩然道：“是我错了，我以后会改。你不喜欢林玲，我回头跟公司说调她去其他项目就是。我们一路走过来都十年了……”

他早可以这么做的。可男人啊，非要等到难以挽回，才会打消自己的暧昧心思。

我不为所动：“婚，我是一定要离的。”

盛璟气急了：“要是真的离婚，房子我必须要，到时候你难道带着久久流落街头吗？”

那会儿刚毕业来到这个城市，我们一无所有。两年时间，搬了三次家，有两次还是八月最热的时候。就是因此，我产生了一定要买房的念头。

盛璟知道我最怕搬家，而我也很爱久久。

往往最亲近的人，握有最锋利的伤害你的武器。

窗外，小区家家户户亮起灯火。

我收回目光，坦然道：“比起身体的漂泊，我更害怕灵魂的禁锢、思想的消磨。我害怕在这样日复一日的婚姻里，丢掉自我，变得没有名字，只剩下一个称谓：久久妈妈。”

盛璟动摇不了我离婚的念头。这天半夜三点，我起夜上厕所，发现书房的灯光还亮着。

因为短剧爆火，公司开始重视我，把我的底薪提到了八千，工作更忙了。

盛璟倒是闲了不少，下午六点就问我晚上想吃什么菜。

“我要加班，不回去吃了。”

周末他问我想去哪里玩。

“我要出差，你自己玩去吧。”

他死活不肯去登记，倒是很快把林玲调走了。

林玲还给我发消息质问我：“你们夫妻吵架，凭什么殃及我？”

我回复了一句：“你找错人了，这事是他自己的主意。”

我天天催盛璟，他则发动身边的人来劝我。可我现在收入跟盛璟不相上下，甚至我们这一行更有井喷的可能。

工作和收入是底气，我把那些和事佬一一撑了回去。

我妈说：“你再离婚，去哪里找个这样的老公？”

我回她：“为什么一定要结婚呢？我现在觉得，一个人也挺好的。”

拉扯了一个月，我不胜其烦。

这天晚上，我约盛璟一起吃饭。

我往火锅里下菜，道：“当初我们来到这个城市，拿到第一个月的工资，就是吃这个庆祝的。”

盛璟脸上浮出笑意：“是啊，那时你拿了很多小料，说这样就能少点几个菜。”

我夹了一块虾滑，慢慢蘸着酱料。

火锅里升起薄薄的雾，我坚定地开口：“盛璟，哪怕是死，我也不会回头。你跟林玲的聊天记录，我一直保存着。你的甲方和领导，有不少我也见过。在一起这么多年，好聚好散，别弄得太难看。”

盛璟连夜开车回了老家，把久久接回来，想用孩子来逼迫我让步。

那天，久久沉默了很久很久，最后抬起雾蒙蒙的眼看我，问道："妈妈，离婚的话，你能飞得更高吗？"

"当然。"

"那你会要我吗？"

"当然，妈妈就是为了久久，才想高高地飞呀！"

久久眼泪滚下来，说："那你们离婚吧，我没事的，我没事。"

或许是久久的倒戈击溃了盛璟的最后一点希望，他第二天就开始跟我商量财产分割问题。

他主张要这套房子，提议可以按照市价，在三年内按月将我应该得到的钱付给我。久久依然可以挂在这套房产下上学。存款、理财这些，全部平分。

我也想要房子。本市有政策，外地户口只有结婚才有资格买房。我应该这辈子都不会再结婚，而拿到本地户口并不是一件容易的事。这就意味着，我可能以后都无法在这里买房。

如此一来，久久教育的主动权就全给了盛璟。

我不想被牵制。但我现在不敢贸然买下房产份额，因为那样，我一年得拿出四十万还给盛璟，另外每个月还要还六千元的房贷。

我愁得不行，朝歌笑话我："瞧把你愁的，你只要再写几部火的剧本，一年五十万算什么呀！当然是先买下房产份额再说，以后钱不够我可以借给你，再不行咱撒泼打滚，拆东墙补西墙，总有办法的。"

对，我目前还能拿到接近二十万元的存款，至少能顶四个月。以后的事，以后再说。

我做好了决定，盛璟却不同意："以你现在的收入，根本没法保证按时给我这笔钱。"

到了这一步，双方已经撕破脸。无休止地争吵，谁也不肯让步。

事情陷入僵局。就在这时，张嫂暗戳戳提供给我一个消息。十天前，盛璟公司发了欠下的年终奖。过去两年他们的年终奖都压着没发，这次一把都发下来了。

按照盛璟的级别，估摸着有二三十万，可他只字未提。看吧，十年感情，在利益面前，真是不值一提。

晚上，我们坐下来好好谈了一次。

他承认发了奖金，至于没说，是忘了。

我心平气和道："盛璟，久久迟早会懂事的。你希望她以后知道你跟林玲的事，还有你在这场婚姻中的算计吗？你希望在女儿的眼里，成为薄情、自私、出轨的男人吗？你希望你的属下、甲方们，都知道你的这些行径吗？"

他让步了。

或许是因为爱久久，或许是因为爱惜名声。

这都不重要了。

我们的协议里有补充条款，如果我连续三个月拖欠款项，他可以反过来，以九折的价格将产权部分买走。

"欧阳瑟，你太要强了。一次高绩效，不代表你永远都能如此。这个房子，你是拿不走的。"

我在协议书上签下自己的大名："走一步看一步吧，我会竭尽全力。"

如果到时还是不可以，那我也没有遗憾了。

三十天的离婚冷静期一过，我迫不及待地催盛璟回老家领离婚证。一路上他磨磨唧唧，我则一直催他快点快点。从民政局出来，九月的阳光落在我身上，我深吸一口气。

自由的空气，那么甜。

盛璟走过来，眸色深深：“以后你有事，随时给我打电话，我们还是一家人。如果你反悔了，我们随时可以复婚。”

我张开双臂抱抱他：“再见，盛璟。”

再见，陌生的家人。

离婚后，生活其实并不容易。我要照顾久久，还要兼顾工作。晚上九点半辅导完久久，我还要改稿到凌晨一两点。第二天早上六点半准时起来，送久久去学校，自己再坐车去上班。每天都靠咖啡续命，感觉自己在修仙。

到了办公室，还要承受领导的狂风暴雨、同事的嫉妒背刺。偶尔开会晚了，耽误了去晚托班接久久，又被老师抱怨、指责。

有时候忘了给久久批改作业，被各科老师轮番轰炸。

有时候发着高烧，送完孩子去学校，再去医院打吊水。

有次电动车坏在半路，偏偏又下雨。明明是天寒地冻，等我把电动车推到维修的地方，发现脸都冻僵了，后背却被汗水湿透。

每个月到手八千块的基本工资，还了房贷后，所剩无几。

各项开支一缩再缩，来不及做饭，点外卖的时候想尽办法凑券。

那时，是真难啊。

有一天下暴雨，我赶着去接久久，也没带伞，就跟那次幼儿园迟接是一模一样的。

我牵着她站在小超市前避雨，心里难免觉得悲凉。

暴雨很快就停了，久久指着天空说：“妈妈，是彩虹，好美啊！”

绚烂的彩虹，像是一道桥。我乌沉沉的心也开阔起来。风雨迟早会过去，我跟久久一定可以迎来彩虹。

离婚后，盛璟反而比之前殷勤，经常接送久久，带久久去吃好吃的。他终于知道了久久的衣服和鞋子的尺码，也逐渐摸清了她对食物的喜好。他终于认识了她的班主任，见过她的一些同学，也会耐着性子给她辅导功课。

节假日时，他甚至会给我送点小礼物，一束鲜花，又或者是一盒我喜欢的点心。

看，男人啊，总是在失去后才懂得珍惜。

因为有孩子，我们并没有删除对方的联系方式。他在朋友圈颓丧了两三个月，发了很多忏悔性语录。

你以为，他会从此活在愧疚里，一辈子围着我们母女转吗？

不！那是小说里才有的情节。

实际上，半年后他的朋友圈里就出现了林玲的身影，他们一起去吃了日料。而那时，我写的又一个剧本火起来了。我拿到了第三次季度奖，二十多万。

天知道在过去的半年里，我每天被巨大的债务压喘不过气来。我躲在楼道里哭，朝歌找到我，说："这点小钱就把你激动成这样？我们现在正站在流量的风口，加把油，年入百万不是梦。"

年入百万，我是不敢奢望的。我能做的，就是拼命努力，趁着这个风口，能捞一把是一把。

为了丰富创作素材，我会主动去认识人，与人交往、聊天。我会花上好几个小时，去倾听别人的故事。那些被人嫌恶的家长里短，恰恰是我创作的养分。那些令人窒息的婚姻日常，却是我笔下短剧的原型。

观众总说在这个主角的身上看到了自己，大概是因为不幸的婚姻，总是有那么些共同点吧。

一年后，盛璟跟林玲结婚了。他们还邀请了我。男人至死是少年，他们需要被照顾、被崇拜，需要有个人给他在后方撑起一个家。而于林玲而言，以她的学历、家境和收入，月薪三万的盛璟已经是最优解。

婚礼这天，林玲单独找我聊了几句。

“我一定不会像你以前那样，做个家庭主妇。”

我笑了笑：“希望你能改变他。不用把我当假想敌，放心，我既然离婚了，就绝对不会吃回头草。我现在很忙，根本没时间‘雌竞’。”

经历过一次失败的婚姻，男人会变得理解老婆，体谅老婆，分担家务，一起育儿，共同撑起家庭的琐碎吗？

旁人我不知，盛璟显然没有。

林玲婚后很快怀孕，孕吐很严重，只能辞职在家养胎。她的朋友圈开始出现诸多的抱怨，抱怨自己一个人去产检，抱怨没人给自己做饭，抱怨出差的老公、不来服侍自己的婆婆。

这些她都屏蔽了我，是张嫂告诉我的。

久久十岁生日那天，盛璟和我陪她一起玩了一天。

晚上八点开始，他的手机就响个不停。

他神色很不耐烦，直接挂了电话。

“还是接吧，或许有急事。”我说道。

他皱着眉说：“没有急事，就是这里不舒服那里不舒服，去医院检查又没查出个所以然。你以前怀孕的时候，一直上班到生久久前一周，也没她这么娇气啊。吃要吃最贵的，用要用最好的。”

“每个孕妇的感受是不一样的。”我说道。

盛璟疲倦地捏着眉心：“我上班已经很累了，她家要了三十八万彩礼，几乎把我掏空了，我现在想买房都存不下来钱……”

他深深地看着我，说：“要是当初没离婚就好了。”

他这两年老得很快，脱发严重，“地中海”已经形成。

我与他对视，轻轻笑了：“我倒是很庆幸咱们离婚了呢。朋友都说，我这两年越来越年轻、自信了。而且，我们现在绩效按月发了，我上个月拿了快十万呢。我下个月应该就能把剩下的房子尾款全部给你了。”

盛璟张了张嘴，半天才说：“两年多你赚了一百多万，没想到你真的做到了。”

其实都是被逼的，如果不是逼不得已，谁能想到自己有这样的能力？痛苦的婚姻，给了我挣脱束缚的能量。

我起身：“咱们这顿饭也吃得差不多了，回吧。”

盛璟掏出车钥匙：“我送送你们。”

久久一脸骄傲，大声道：“不用了，妈妈也是开车来的。”

盛璟惊愕道：“你考了驾照？你买车了？是什么车？怎么都没跟我说？”

我拿起椅背上的外套：“我们如今的关系，也不是件件小事都要说的吧。”

到了停车场，他摸着我的新车，感叹道：“当初我就想买这款车，得三十多万吧？”

“有折扣，落地差不多是三十万。”

买这台车，主要是考虑到它的安全性能，毕竟我经常带着久久，肯定是安全第一。

盛璟还开着我们当初买的那辆车。那时我们很穷，比来比去，十三万的车已经是最佳选择。

他解释说：“我也想换车，林玲不让。”

没房，马上又要生孩子了，这时候换车的确不合适。

我发动车子，对盛璟点点头："今天就这样，下次见。"

从停车场出来，我们同行一段，然后在路口分道扬镳。

秋夜，路灯延展无尽头。车载广播里放着老歌，久久在后排叽叽喳喳说个不停。我眼观六路，耳听八方，时不时应一声。

她把脸贴在后座玻璃上，盯着外面的世界，说："妈妈，我同学说，你最喜欢的那部科幻电影的第三部春节期间会上映呢。"

"是吗？"前面红灯，我慢慢踩下刹车，微笑，"那我们到时候一起去影院看。"

看，拼命努力不放弃，我们一定能得到自己想要的东西，过上自己想要的生活。

『耳背』爸爸

我从小没有妈妈，只有爸爸。

爸爸有听力障碍。

我是他从水里捞回来的。

村里人都劝他说："捡来的孩子养不熟。"

但爸爸始终没有扔下我，直到他重病，姑姑要花三万块把我"娶"回去给傻儿子当老婆……

01

爸爸有时喝多了，就会讲起当年捡到我的事。

"你是从上游漂下来的，当时嗷嗷哭了一嗓子就没声了。水流把你淹没了，你也哭不出来。寒冬腊月我跳下河把你捞起来，要不是我，你早就去阎王爷那儿报到了。"

他捞起我，拎着我的脚挂在背上赤脚狂奔两里地。

我总算又哭了一声，活了过来。

小时候我体弱多病，不是发烧就是咳嗽，爸爸经常半夜背着我去敲赤脚医生的门。

那时夜路黯淡，星月无光。

天地间只有他烦躁的大嗓门："早知道你是个娇小姐，就让你淹死算了！”

赤脚医生看到我有些犯难，附在爸爸耳边大声喊道：“得上贵一点的药，便宜药对她没用了。”

爸爸以前做工时遭遇爆炸，因此耳朵受伤，跟他说话必须靠近，用大嗓门才行。

爸爸点了根烟，狠狠剜我一眼：“我怕是上辈子欠你的。上吧上吧，钱先欠着。”

等我吊完水，天色已经亮了。爸爸一晚没睡，回去的路上就一直训我。

“老子给你花了多少钱多少心思，等你能赚钱了，得给我养老。”

因为爸爸弱听，所以他说话嗓门也很大，每每听上去都像是在吵架。

晨光熹微，家家户户已经升起袅袅炊烟。已经有小贩骑着自行车，沿着乡间小路吆喝着卖包子。

我昨天几乎没吃东西，此刻饿得肚子咕咕叫，直勾勾地盯着小贩看。

爸爸停下脚步，瞟我一眼：“想吃啊？”

我赶紧摇摇头。

爸爸身体不好，赚钱的机会不如别人多，连看病都是赊账，我得懂事些。

爸爸叫住小贩，给我买了个肉包：“这包子鸟蛋大，要六毛钱，他怎么不去抢？”

包子其实有我两个拳头大，肉馅也很足。

我咬了一口，香气四溢，我抬手递到爸爸嘴边。

他摇头道：“我不爱吃！”

我坚持要他吃，他咬了很小的一口，很嫌弃：“不好吃，你吃吧！”

可明明上次村里办酒席，他一口气吃了五个肉包。

肉包很香，我慢慢吃完后，把手指都舔了一遍。

爸爸笑话我：“就这么好吃？等我以后有钱了，天天给你买十个，让你吃到腻！”

赤脚医生说我的身体需要营养，那段时间，爸爸天天晚上出门，捉鳝鱼、抓泥鳅、抓龙虾、摸田螺、摸河蚌，还抓过好几条菜花蛇。爸爸也不拿去卖，就把它们都煮熟，逼着我吃。

直到八岁，我的身体才渐渐好起来。那时我已经念小学，个子也抽条了，是全村最白的孩子。

那天爸爸在给村里人修新房，放学后，我特意绕路去找他，结果听见建军伯大声笑道：“你家惠惠越长越好看了，再养个几年，就能给你当老婆了。”

虽然那时我年龄小，但是女儿和老婆的区别，我还是知道一点的。

一瞬间，我脑子嗡地空白一片。

恰好，爸爸这时看到了我。

他脸色大变，冲过去就往建军伯脸上打了一拳头：“你胡说八道什么！惠惠是我女儿！”

建军伯嗤笑道：“又不是你的种！我也是为你这个老光棍儿着想。”

“我要娶老婆，就娶你女儿！”爸爸回嘴道。

这下建军伯炸了，两个男人扭打在一起，场面一片混乱。

后来还是主家出面才拉开了两人。

建军伯的老婆春大娘心疼自家男人，阴阳怪气道：“也不怪别人多想，这些年大家也给你介绍了不少婆娘，你一个都不要！”

回去路上，爸爸走得很快，一路上都在训我："都是你这个讨债鬼，要不是带着你，我会当个光棍儿？"

其实爸爸以前结过婚，后来出了事听力受损，工地赔了他一笔钱，结果他老婆就卷钱跑路了。在那之后，他捡到我，一直单身至今。

爸爸打完架，身上有好几处淤青，家里的红花油用完了，我去隔壁张婶家借了一些。张婶一听，怕我弄不好，带生生哥一起过来了，指挥生生哥给爸爸上药。

有些话本该是轻言细语的建议，可爸爸耳朵不好，张婶只能大嗓门。

"惠惠一天天长大了，很多女娃的事情需要处理，你一个大男人也不方便。还是娶个老婆吧！惠惠也需要妈妈。"

很小的时候，我确实也羡慕别人都有妈妈。

哪怕他们的妈妈总是揪他们的耳朵，打他们的屁股，大着嗓门在村口喊："你个野猫，还不回家吃饭！"那也是我求而不得的母爱。

可现在，我已经习惯跟爸爸两个人的日子。有没有妈妈，无所谓的。

张婶将我拉到一边："你爸爸也不容易，他需要个知冷知热的人照顾他，像今天他跟人打架，连个给他上药的婆娘都没有！

"惠惠，你要懂事点！"

张婶给爸爸介绍了隔壁村的郑寡妇，她带了个六岁的儿子。

乡下的女人不愁嫁，若不是郑寡妇坚持把儿子带着，其他人怕这么大的儿子养不熟，这样的好事还轮不到爸爸。

爸爸带着我去相看了一轮。

郑寡妇有一双很漂亮的眼睛，但爸爸似乎不喜欢。后来，郑寡妇从屋子里拿出一条新裙子，粉红色的，还带着蕾丝边。

“惠惠，这是给你买的，也不知道合不合身！”

张婶催促我去换上，我换好出来后众人齐齐呆了呆。

张婶不住地夸我好看，夸郑寡妇会选衣服、眼光好。

郑寡妇拉着我的手：“女孩子还是穿裙子好看，惠惠长得这么漂亮，就该好好打扮。”

回去的路上，张婶问爸爸：“你觉得咋样？不行我再从娘家给你找找。”

爸爸抽着烟，看了眼我身上的裙子：“不用了，就她吧。”

因为都是二婚，也没有大办。村里的亲朋一起吃顿喜宴，就算是事成。

这天，嫁到邻乡的姑姑也来了。

这些年，她跟爸爸走动很少，每次来都拉着脸，我叫她姑姑她从来不应，我很怵她。

这次她脸拉得更长了。她把爸爸叫出去，我去柴房拿柴火听到她在训爸爸。

“以前你养个捡来的孩子就算了，好歹是个女儿，以后她嫁人，你收收彩礼也不吃亏。现在你还要替寡妇养儿子，你是不是脑壳烧坏了？”

爸爸很生气：“别提捡不捡的，惠惠是我女儿！还有，那也不是什么寡妇，那是你嫂子！”

姑姑大怒，嗓门非常高：“你有那个钱，帮帮自家外甥不好？以后死了外甥还能给你摔盆。

“你现在养一对跟你没有血缘关系的倒是这么起劲，我真不知道你脑子里在想什么！”

这顿兄妹谈话不欢而散，姑姑饭都没吃就走了，礼金也没给。我这才知道，原来当初她极力反对爸爸收养我，还说如果他真的想要个孩子，自己的老大文才可以给爸爸养着。姑姑还找好了人家，对方愿意出五百块把我抱走，但爸爸拒绝了。

爸爸总是骂我训我，可这件事，他却只字不提。

婚后，爸爸看着很高兴，每天都红光满面。

有人打趣他："还是有老婆日子好过吧？"

爸爸大嗓门回应道："那当然，老婆孩子热炕头是最好的日子咯！"

郑寡妇把家里打理得井井有条，还给爸爸买了两身新衣服。

但总有人见不得别人好。

春大娘和建军伯笑话爸爸："估计这辈子是没有子女的命，所以只能替别人养崽。"

爸爸耳朵不好，他们就用这样平常的语调，笑嘻嘻地当面说爸爸坏话。爸爸没听清，还以为在说他好话，还附和地笑两声。

我当时心里难过极了，用最大的嗓门回道："我不是别人的崽，我这辈子都是爸爸的女儿，我以后一定会孝顺爸爸！

"你有儿子又怎么样？你儿子在城里安家，都不让你们过去一起住！"

这些都是村里的婶子们平时背地里说的，此刻被我用来当武器。

春大娘差点被我气死。

我一直没有叫过郑寡妇妈妈，她也表示没关系。

这天爸爸去吃席，大概喝了不少酒，回来时走路都歪歪扭扭的。

郑寡妇扶着他回房，过门槛时，他突然喊道："等等！"

他从口袋里掏出一个塑料袋递给我："打开看看！"

那是一个做成兔子形状的甜品，但是放在口袋里走了一路，兔子耳朵熔了，眼睛也掉了，一摊黏腻的糖水中，隐约能看出兔子的轮廓。

爸爸叨叨道：“每人分一个，我不爱吃这甜不拉叽的，惠惠你吃！”

他总是这样，自己去吃席，一定会给我捎点什么回来，有时是一把糖，有时是一瓶旺仔牛奶，是一只大闸蟹，是一个鸡腿……

那一刻我眼眶红了，抬头时，却发现郑寡妇眼里深深的嫉妒。

我吃了一半，分了一半给眼馋的弟弟。

爸爸看着我们嘿嘿笑：“等我以后有钱了，天天给你们买。”

郑寡妇翻了个白眼：“就知道许空头支票，你倒是去挣钱啊！”

没过几天，她让爸爸去她堂哥的工地上干活：“你只管去，惠惠我会替你看着的。”

爸爸去挣钱了。他不在家，郑寡妇原形毕露。

人前她依然客客气气，可关起门后，她就会跟她儿子一起，用扫把抽我，用缝衣服的针扎我的胸口，把我的袖子撸起来，用从灶膛里掏出的火钳烫我的胳膊。

“长这么好看，想勾引谁呢？

“你敢哭，我把你的眼睛给烫熟。”

她让我吃冷饭剩菜，有时甚至吃猪食。

我也想反抗。

可她威胁我——你要是敢去你爸爸那里告状，我就跟他离婚。

张婶每次看到我都说：“你爸爸娶了老婆后，干什么都有劲了，惠惠你要懂事，不要惹你妈妈不高兴……你爸那个条件，想要再娶个老婆可不容易！”

每一个被伤口痛痒折磨得难眠的夜里，我只期盼着爸爸快点回家。

或许是老天爷听到我的祈祷了，暑假快结束时，爸爸总算回来了。那天我在院子里洗衣服，郑寡妇带着儿子出去打麻将了。

爸爸远远地叫了我一声："惠惠……"

我的眼泪哗地就下来了。我骗爸爸，说是我自己要求洗衣服的。

爸爸给我买了一条短袖裙子，他催促我："换上看看合身不。"

我扯紧自己的袖子："爸爸，我……我不喜欢穿短袖。"

他察觉不对劲，一把将我的袖子撸了起来。

被火钳烫过的深深浅浅的伤口，瞬间暴露在空气中。有些已经结痂，痂落了，现在是嫩粉色的皮肉；有些被我忍不住挠破，往外渗着血渍；有些起了一圈的水泡，灌满黄脓，还没破。

爸爸眼睛一下就红了，布满血丝，怒吼道："谁干的？！"

我用力把衣袖扯下来，盖住这些羞耻又疼痛的伤口，笑着喊道："是我自己不小心弄的。我没事，我一点都不痛的……"

爸爸，我可以忍忍的，我不想害你失去老婆，我不想剥夺你的开心。

只是……我放低音调，轻轻问："爸爸，这次你能在家多住几天吗？"

爸爸，你应该听不见我的祈求，所以，这不算是我任性吧。

我话音刚落，郑寡妇急吼吼的音调响起："老刘回来了？"

她一眼看到我还未来得及完全扯下来的袖子，脸色一变，笑容也凝住了。

"惠惠不听话，我是她半个妈，有资格教育她吧！你要是觉得我不该管，那咱们这日子也别过了。

"刘聋子你可要想清楚，她是你捡回来的，我才是你正经老婆。你要是跟我掰了，以后想再找个老婆是不可能的事！"

02

爸爸整张脸涨红，脖子上的青筋根根分明，显然是气极了。

我把袖子扯好，忍着眼泪："爸爸，你别生气，我没事的，我一点也不痛。"

郑寡妇不以为意道："你看，她自己都说没事！小孩子换层皮快得很。"

爸爸再也忍不了，冲到柴房举起一把锄头冲了出来。

"我女儿我都舍不得打，什么时候轮到你来管！"

郑寡妇这才知道害怕，一边干号"打女人了打女人了"，一边拉着她儿子往外跑。

爸爸大步跟上，眼看着锄头就要落在郑寡妇头上，我一把紧紧抱住爸爸的腰。

"爸爸，不要，不要！"我泪如雨下，"杀人要偿命的。"

"我不怕，先弄死这个恶婆娘再说！"

"可我怕！"我箍得更紧，"爸爸，你别抛下我，我不想当孤儿！"

这句话像是一根大针扎在爸爸身上，浑身的气嗖地一下泄了，手慢慢垂下来，锄头砸在石块上，发出砰的一声。

他转身，红着眼拍我的头，哽咽开口："你个蠢货，她这样欺负你，你不会跟我说？你嘴巴长着是摆来看的吗？"

动静闹得很大，左邻右舍都被惊动了。

张婶先拦住了哭哭啼啼的郑寡妇，又来劝爸爸："刘哥你是男人，什么事情值得拿锄头？这样可不好！"

郑寡妇还在一旁假惺惺："我辛辛苦苦照顾家里，替他看女儿，他一回来就要我的命……”

眼看着大家都在指责爸爸，我将袖子撸了起来。

“是她用火钳烫我，用针扎我，爸爸气不过，才用锄头吓她的。”

那一刻，满场鸦雀无声。

郑寡妇降低音调：“孩子不听话，我这个当后妈的，也得帮着管教一二……”

张婶上前，看了看我的胳膊，又顺着衣领看我的胸口，眼睛瞬间就红了。

她一句话也没说，转身冲到还在卖惨的郑寡妇面前，抬手就是一巴掌。

啪！

“你个没良心黑心肝的恶婆娘！惠惠是我看着长大的，你敢这样对她！”张婶一把薅住郑寡妇的头发，“看我不抽烂你的脸！”

两个女人扭打成一团，张婶是田里地里一把好手，郑寡妇根本不是她的对手。

“算了，别打了！”

大娘婶子们扯住郑寡妇的儿子，干巴巴地劝着，但没一个上前拉架。

眼见郑寡妇脸已经花了，村支书才慢悠悠开口：“都愣着干吗？拉开她们呀！莫搞出人命！”

郑寡妇的脸被张婶抓出好多血道子，头发也被薅下来一撮。

她哭哭啼啼道：“你们明山村没一个好东西，个个都欺负我。”

村支书冷冷地看她：“那你赶紧滚，我们这些坏东西不欢迎你！”

郑寡妇哀哀戚戚地看向爸爸：“汉民，一日夫妻百日恩……”

可惜跟爸爸说话必须用吼的，那种我见犹怜的感觉荡然无存。

爸爸握紧锄头：“滚！”

郑寡妇脸色煞白，当即就收拾东西带着儿子跑路了。

万幸的是，乡下人看重酒席，不看重红本本，所以爸爸和郑寡妇还没扯结婚证。如此一来，分开倒是方便得多。

晚上张婶来给我上药，一边抹一边流眼泪："是我介绍错了人，让你受这样的苦！你受欺负，咋不跟我说？"

上好药后，张婶在院子里跟爸爸说话："不然我去娘家给你找个知根知底的……"

爸爸摆摆手："算了，女人都不是什么好东西！我跟惠惠就这样过，蛮好的。"

他不善言辞，丝毫没有考虑到这句话把张婶也带上了。

好在张婶也不介意，叹口气道："那也行，以后我帮着照顾点惠惠吧！"

张婶说到做到，我人生的第一包卫生巾、第一件内衣，都是她给我买的。其实张婶也是个苦命人，嫁来我们村时，她婆婆瘫痪在床，是她给她婆婆养老送终，后来有了生生哥，过了两年的轻松日子。

但七年前，张叔说要去赚钱养家，半年后再无消息，活不见人，死不见尸。寻常的寡妇可以再嫁，找个男人搭伙过日子，她却只能困在这村里。

那次之后，生生哥放学都会等我一起回家。每每他跟男孩们玩弹珠、打纸板、打弹弓，我就在一旁等着。

其他村的孩子会问他："这是谁啊？"

"我妹！"

很快，他就念初中了。张婶给他买了一辆自行车，他早上载着我，顺路送我到小学，然后再骑车去六里地外的初中。

爸爸还跟以前一样，爱喝酒，爱抽烟，爱打点小牌。但媒人再给他介绍对象，他看都不去看了。

村里越来越多人去外省打工，好多人家都建起了两层楼房。爸爸有时喝多了，也不免艳羡。

初三期末，生生哥参加了中考，还考上了一中。

得知成绩时，张婶当场就哭了。

村里人纷纷恭喜她。

“等生生考上大学，你这辈子就算是熬出头了。”

话题不知怎的就转到了我头上。

春大娘冲爸爸吼道：“你的好日子也快来了，等惠惠初中毕业，就能去打工，你以后就能在家躺着喝酒了……”

她训我道：“惠惠，你爸为了你，连老婆都不娶了，等你能赚钱了，一定好吃好喝地孝敬你爸爸。”

村头的虞大娘温声细语：“听甜甜说，惠惠的成绩还不错，努力一把也能考上一中！女孩子也要多读书！”

春大娘翻着白眼：“甜甜是你亲生的，你非要送去读书就算了。

“惠惠是捡来的，把她养到初中毕业已经不错了，读高中你知道得多少钱不？”

是啊，我已经当了爸爸那么多年的负担了，我不能继续拖累他。

我正心情低落，爸爸卖完稻子回来了。

他用衣袖擦着汗，道：“惠惠要是能考上，卖血我也送她去读！”

我猛地抬头看爸爸。

夕阳已经西下，盛大的晚霞裹住了他。他站在万丈霞光里，是救赎我的唯一的神。

春大娘张大嘴：“你怕是脑壳有病吧！女娃都要嫁人的，何况你这个娃还不是亲生的……”

爸爸张嘴反驳她：“你懂个屁！这叫投资。我辛苦三年，她只要能考上大学，以后收入比初中毕业的高几倍。你这个婆娘是头发长见识短！”

说着，他瞪着我：“你以后读了大学，得天天给我买酒喝！”

春大娘嗤笑摇头：“一中都不见得考得上，就说考大学的事，你在梦里喝去吧！”

夜幕低垂，众人散去。乌云蔽月，天边只有几点星子，青蛙在田间池塘聒噪个不停。

生生哥站我对面，拍拍我的肩：“惠惠，既然你爸愿意供你，你就好好学。你只有考上一中，考上大学，刘伯才能跟着你过好日子。”

我问：“生生哥，你这么努力读书，也是为了张婶能过好日子吗？”

“嗯。”

乌云散去，银色月光落满他一身。

他一字一句道：“惠惠，外面的世界很大，以后我们可以做他们的翅膀，带他们飞出这个村子。”

我现在是绊住爸爸的秤砣，可我以后可以做他的翅膀，带着他一起，去看高山大海、湖泊溪流，去看繁华都市。

抱着这个想法，我开始努力学习。

生生哥把他所有的笔记和做过的试卷都留给了我。

虞大娘家的甜甜姐比我高一届，成绩也很好，我经常找她问不懂的问题，她也总是耐心解答。

生生哥放假回家，也会检查我的功课，帮我攻克难关。

以前爸爸的酒友们最喜欢来我家喝酒聊天，经常吵到后半夜。因为他们都有家有室，在家喝酒老婆会约束。

可现在他们几乎都不来了。

爸爸解释道："个个都来蹭我的酒喝，老子的酒难道不是钱买的？"

乡下的初中，学习氛围并不好，很多人都是混日子，等着毕业后去打工。在我全心全意努力学习后，成绩进步得很快。

初二的期中考试和期末考试，我都稳稳排在年级前五名。

这一年，甜甜姐顺利考上一中，虞大娘终于离婚，她们带着我无尽的羡慕，搬去了县城生活。

初二暑假，学校为了提高升学率，特意腾出两间旧教室，改成宿舍，建议我们年级前三十名的同学都住校。

我跟爸爸说起这事，他显得很低落："那你以后就只有周末回家啊？"

"嗯。班主任说，我只要稳住，考一中没问题。"

爸爸狠狠抽了一口烟："行，我知道了，那你去住宿吧！"

他从口袋里掏出一沓皱巴巴的票子，一张张数给我："老子赚钱不容易，你要省着点花！"

"我会的！"

他盯我一眼，从另一个口袋里掏出几张零钱，又抽了三张二十元的给我。

"算了，既然是投资，我还是要下点血本的。读书费脑子，你顿顿都要买肉吃，晚上再搞点消夜。你要是考不上一中，我打断你的腿！"

第二天傍晚，我把行李收拾好，准备吃完饭就去学校。

爸爸在厨房炒辣椒炒肉，他的二手手机在堂屋的桌子上嗡嗡作响。

我拿起手机点开短信，看到一堆未送达的短信。

"张老板，你那缺人不？缺人随时喊我，工价低点也行！我女儿要读高中，我得给她赚学费！”

“王老板，你那缺人不？缺人随时喊我，工价低点也行……”

“林老板，你那缺人不？”

几乎一模一样的信息，发件箱里还有十来条。

我的眼泪哗地就下来了。

厨房炒菜的声音停了，我赶紧擦了擦眼泪，把手机放了回去。

爸爸盯着我看了看，烦躁道：“这么大的姑娘了，去住宿还要哭？”

吃完饭，他坚持送我去学校，我拎着行李坐在爸爸的自行车后座上。

一开始，灿烂的晚霞照亮我们的前路，后来，天色渐暗。我点亮手电筒。那一团小小的圆，仿若天地间唯一的光。

夏夜的风将爸爸的旧 T 恤吹得鼓鼓的，后背上好几个细小的破洞也被撑开。

我盯着看了会儿，喊道：“爸，等我以后赚钱了，给你买很多很多新衣服！”

“买七件，我一个星期都不穿重样的。”

“我给你买三百六十五件，一年到头都不让你重样。”

爸爸笑了：“你现在吹牛比我还厉害。”

爸爸，这不是吹牛，是我的真心！而且，我一定会做到。

他把我送到校门口路灯下就不肯往前，压低声音道：“你自己去好好读书！”

我拎着行李往校内走，进了校门回头，看到爸爸还站在那盏发黄的路灯下，笑着朝我挥手。

村里以春大娘为首，好多人都在劝爸爸。

“这才初中，又是住宿，又是补课，真的读了高中要花多少钱？”

“就是亲生的也不能这么造，何况她是捡来的。”

“早点毕业去打工，你就可以享福了，到时候再收一笔彩礼……”

过年时姑姑来了，又跟爸爸大吵一架。

“亲外甥文才那样也没见你关心过，捡来的你掏心掏肺！难道她以后生了孩子，还能跟你姓刘？”

文才是大表哥，有点智障，今年已经十八岁，有时候发病了还会在马路上拉屎撒尿。

03

爸爸没好气道：“你的崽也不姓刘！”

姑姑一噎：“但他身上有刘家的血！”

“我又没的家产要继承，要这血那血做什么？她是我养大的女儿，我自己就是吃了没读书的亏，我就是要送她去读书！”

兄妹俩再一次不欢而散。

姑姑离开时狠狠瞪我：“你要是懂事点，就不要读高中，体谅下你爸爸的辛苦！养你这么大，他已经仁至义尽了。”

如果是以前，我肯定会动摇。可生生哥和甜甜姐一直在鼓励我，爸爸也支持我。

我微笑着：“我就是要考一中、读大学，这样才能带着爸爸过好日子。不管你说什么我都要读！”

姑姑被气走了。

有很多人希望我和爸爸过得好，可也有很多人在等着看爸爸的笑话，但我绝不允许那样的事情发生。

我把全副精力都投入学习之中，班主任都夸我：“你跟张生生和田甜是一个村的吧？你们那儿风水不错，出聪明人。”

我专注学习，其间很少回家，每次回去，家里总是一股浓浓的膏药味。爸爸说他腰痛，我让他去医院看看。

他瞪着我：“医院那烧钱的地方，能去吗？我贴个膏药就好了。”

我盼着日子慢一些，我再多一些时间巩固之前学过的知识。

可中考还是如期而至。中考出成绩那天，爸爸去邻村帮工，把手机留给我，方便我跟班主任联系。

我问：“你不跟我一起等吗？”

他凶我道：“屁大点事！你肯定考得上。我不去赚钱，你拿什么读书？”

爸爸都已经出门好一会儿，又骑着叮当作响的自行车折回来，停在门口朝我喊道：“一会儿成绩出来，你打老王的电话告诉我一声。”

我还没应，他就弓着背踩着自行车匆匆离开了。

一直等到中午十一点多，班主任的电话总算打进来了。我紧张得手心全是汗，按了两次才接通。

班主任语气很兴奋：“惠惠，你考上了！你是我们学校的第一名，全县里你排第九十五名，你真的厉害！”

夏日蝉鸣不止，我的脑子有一瞬是空白的。

过了好几秒我才回过神，哽咽回道：“谢谢，谢谢老师！”

挂断电话，我正准备告诉爸爸这个好消息，手机却突然嗡嗡响起。

接通后，那头传来王伯慌张的声音：“惠惠，你爸做工时痛晕过去了，我们现在送他去医院，你也快点过来吧。”

张婶带着我满头大汗地赶到时，爸爸已经醒了。他睡在医院走廊上，吊着水，脸色惨白，见我第一眼就问道：“考上了吗？”

我眼泪滂沱而下："考上了，我考了全县第九十五名。"

爸爸笑了，眼角起了一层密密的褶子，看向王伯，骄傲无比："我就说我女儿考得上，这顿酒你是请定了。"

王伯瞪他一眼，俯下身朝他喊："你身体都这样了，还想喝酒！"

检查结果已经出来了，爸爸是肾结石导致了肾盂分离。医生建议尽快手术，不然拖下去很可能肾功能恶化。

"你们先准备一万二吧！"医生放软口气，"现在都有新农合，最后算下来六七千块差不多。"

傍晚时，姑姑也到了，她埋怨道："家里地里活正多呢，你怎么偏偏这时候病倒了？"

王伯说今天的检查费和治疗费他来出，但是后续做手术的钱，得爸爸自己想办法。可要命的是，爸爸只给我买了新农合，自己没买。

那会儿乡下人生病都靠扛，实在不行就找赤脚医生，对于刚开展的新农合政策不了解，也不信任。

爸爸当晚就闹着要出院。

"我没什么事，再熬半年，等下半年把新农合交上了，它一生效我就来做手术。"

我急哭了："爸爸，你还存了钱给我读书是吗？你拿出来先治病，我不读高中了，我不读了！"

爸爸一巴掌拍在我手上："闭嘴！好不容易考上一中，必须去读！"

他见我眼泪滚滚，耷拉着眉眼伸手摸我发红的手背："打痛你了？"

张婶说她能匀两千块出来，转头又问我姑姑："你呢？"

姑姑看看爸爸，又看看我："哥，你的医药费，我跟大军可以全部承担。"

我心里一松，几乎要跪下给她磕头。

没承想姑姑紧接着就说："但是我有个条件：你把惠惠嫁给我家文才当老婆，亲上加亲。我给文才准备了三万块彩礼钱，全给你！

"这样惠惠是你女儿，又是你外甥媳妇，肯定会一辈子照顾你，你也可以马上做手术，简直是两全其美！"

爸爸苍白的脸瞬间涨红，朝着姑姑吼道："你滚，滚！"

姑姑也不生气，而是看向我："你别急啊，听听惠惠的意思。"

"惠惠，你刚才也听医生说了后果。腰子是男人身上最重要的东西，一刻也拖不得……你不能看着你爸爸那样受苦吧？"

医生说，如果不及时治疗，很可能会肾衰竭，肾坏死，进而威胁到性命。

比起读书，当然是爸爸更重要。

短短十几秒，我就做好了决定。

我擦了眼泪，笑着说："爸，我愿意，我愿意的。"

姑姑得意极了："哥，你养这女儿十几年，现在总算是派上用场了，还算她有良心，以后让她生两个崽，一个跟你姓刘！"

爸爸眼眶红极了，扶着床沿慢慢站起来，抡起胳膊用力甩了姑姑一巴掌。

啪！

整个走廊都回荡着这一声，爸爸吼道："我就算是死，也不会卖女儿救命！我没有你这样的妹妹，你给老子滚，有多远滚多远！"

张婶早就憋不住了："翠花，当初你建房子，你哥没日没夜帮了三个月忙，一分钱都没收。后来文才去看病，也是你哥带着跑上跑下，出钱出力。人得有良心，你把钱先借给你哥，回头他赚了就还你。”

姑姑捂着脸，眼底全是愤愤：“把惠惠嫁给文才，我马上就出钱，不然就没有。一万多不是小钱，我倒是要看看，除了我，还有谁能拿得出来！”

或许，这就是我的命吧。跟无数个村里的女孩一样，到了年龄，收一份彩礼，嫁一个男人，糊糊涂涂一辈子。

就在这时，一个风尘仆仆的身影出现在走廊尽头——是村支书。

他头发竖起，想必是骑着摩托车飞奔过来的。

村支书问过爸爸的情况后，长出一口气：“还好，不是什么大病。我大舅哥之前也得过这个。另外，新农合你其实已经买了！”

爸爸是退伍军人。县里有政策，退伍军人的新农合归县里财政覆盖。

村里只有两个人享受到了，村支书就忘记通知爸爸了。

这么算下来，这个手术也就是几千块的事，搁现在根本不算什么。

可在当时，几百块也能难死英雄好汉。

村支书还带了两千块过来，其中有他的五百，还有村里其他人家零零散散凑的一千五。

村子里就是这样，钩心斗角的事不少，可心地善良的人也多。

村支书劝爸爸：“身体是革命的本钱，你要是身体垮了，以后惠惠靠谁？”说得我眼睛又红了。

爸爸看我一眼，点点头：“好，我先凑钱治病。”

这一刻我和张婶都如释重负，只有姑姑的脸色难看至极。

村支书看着她。

她翻着白眼：“我没钱，一分都没有！

“当初他要是听我的，把十万块的赔偿款交给我保管，就不会被那个毒妇卷走，现在也不用为这万把块发愁。”

爸爸苍白的脸越发没有血色，整个人疲倦极了：“翠花，或许我们没有兄妹缘分，以后……就不要走动了。”

姑姑狠狠剜他一眼：“那正好，反正你也从来没把我当亲妹妹。我以后再也不会来找你！我以后再认你这哥哥，我就去吃屎！”说着，她气冲冲往外走。

张婶凑到我耳边小声说：“其实你爸跟你姑不是一个妈生的。”

原来姑姑是后妈生的，从小就被妈妈耳提面命，要提防哥哥。所以爸爸对姑姑再掏心掏肺也没用，难怪姑姑刚才说那样的话。

可这一切不是爸爸的错，爸爸也是受害者。

我追了出去，叫住姑姑。

我站在医院门口的白炽灯下，一字一句掷地有声：“我会读高中，会考上大学，一定会带着爸爸过上好日子。记住你自己的话，以后再也不要来找爸爸。”

刘翠花站在树影里，啐了一口：“别以为考上一中了不起，一中每年能考上好大学的也不到三成。

“你就做梦吧！”

晚上爸爸打了很多个电话，四处凑钱，但还是差了两千。

张婶和我去求主治医生也不管用。

他们每天看到的病人太多，根本同情不过来。

我们正一筹莫展，当天下午有人找来医院了。

是虞大娘。

她如今在县里给人当保姆，收入尚可。她把给甜甜姐准备的读大学的费用，先借了两千给爸爸。她是趁主家午睡出来的，留下钱和水果后就匆匆离开。

我送她到医院门口，她温柔地摸摸我的头：“以前甜甜她爸和奶奶欺负我，你爸总是会替我说几句公道话。

“惠惠，不管前面有多难，你一定要挺过这三年，等考上大学，一切都会好起来的。”

好在手术很顺利，医生叮嘱爸爸要多休息。那段时间，他成了村里的大喇叭，四处宣传新农合的政策好。

他在家躺了不到半个月，就急吼吼去做工：“我就是个劳碌命，躺着浑身骨头疼，一做事啥都好了。”

其实他是想早点去赚钱还债。

很快我就开学了，高中还要住校。爸爸帮我把行李扛到宿舍。其他的家长也在，找爸爸聊天。

同学灿灿的妈妈问：“你哪个乡的？你女儿考了多少名？”

爸爸听不清，呵呵笑着点头：“好，好……”

我心里一酸，对灿灿妈妈道：“我爸爸耳朵不好，你说话得大声点才行！”

其他几个家长朝我看过来。

有叔叔问：“那你妈妈没来？”

我摇摇头：“我没有妈妈。”

众人表情均带着同情。

爸爸铺好床，就着急要离开，一路上走得飞快。

“我就说送到楼下，你非要我送上楼。

“东西又不重，你自己也能拎上去！”

我拽住他的胳膊，凑过去大声道：“爸爸，你莫生气啊！”

爸爸停下脚步，看了一眼我，刻意压低的声音里充满低落：“惠惠，刚才爸爸是不是给你丢人了？”

这一刻，我的心涩得不像话。

我紧紧挽住他的胳膊，大声道：“不会，你是天底下最好的爸爸！”

这样的话，我说出来也有点不好意思，赶紧转移话题：“爸爸，我饿了！”

爸爸擦了擦眼角，四下张望：“那就找食堂吃饭去！”

荤菜两块五，素菜一块。

爸爸给我打了一荤一素，自己打了一个素菜，要了个免费的汤：“我不饿！”

刚坐下，恰好又碰到灿灿和她妈妈，于是拼在一起吃饭。

灿灿妈妈大声夸赞：“你把惠惠养得又聪明又漂亮，真不容易哦！”

两人交谈起养育子女的心得。

爸爸笑着，声调也变得正常：“她一岁前又黄又黑，像猴子一样……我那时半夜睡醒，还要摸摸她鼻子，生怕她断了气。

“那会儿没钱买奶粉，天天背着她四处讨奶喝！

“小时候她半夜总是发烧，我都没睡过一个好觉，隔一会儿就醒。”

灿灿妈妈听着听着就放下筷子，红了眼眶：“养大一个孩子，真的不知要费多少心力。还好惠惠懂事，你再熬几年，就是好日子咯。”

我把盘子里的肉都夹给爸爸：“爸爸，这肉好咸。”

爸爸一边吃得吧唧嘴，一边嘱咐道：“咸淡味正好啊，食堂不比家里，你以后不能挑食！”

灿灿妈妈看了看我，了然地笑了。

开学后摸底考，我的排名掉到了年级第一百八十名。

足足掉了一百名！

生生哥不顾高三学业繁忙，特意来开导我：“好多人暑假上了辅导班，而你一直在照顾刘伯，学习如逆水行舟，不进则退！但一定要摆好心态，还有三年的时间，你可以追上来。你以后有不懂的，可以来问我。”

他现在处于关键时刻，我当然不会去打扰他。

我可以问老师，问同学，问住在我楼上宿舍的甜甜姐。但读书这事，有时真不是埋头苦学就能有进步的。

纵使我一刻也不曾懈怠，但两个月后的期中考，我也只考到年级第一百六十名，仅仅上升了二十个名次。

我拿着成绩单回家，爸爸正在村支书家跟几个叔伯喝酒吹牛。

“我家惠惠将来一定有大出息，中考考全县前一百名，我们村还没出过这么厉害的吧！”

书包里那张薄薄的成绩单，瞬间变得像砖头一样重，我拔腿就想走。

爸爸已经看到我了：“惠惠，期中考试成绩出来了吧？这次考了多少名？”

我含糊着：“和以前差不多。”

爸爸追问：“说什么？多少名？大声点，我没听清。”

所有的叔伯都看着我，那种期望的目光，像是刀片一样割着我的心。

我脸色通红，呼吸急促，从书包里抽出成绩单扔在桌上，喊道：“我考得很差，掉到年级一百六十名了，你自己看吧！”

说完，我拔腿跑了。

爸爸刚晒完我，就被我啪啪打脸了。

他一定很失望吧。

我甚至不敢面对他。

我回家关上房门，用被子裹住自己呜呜地哭。

过了没多久，厨房里叮当作响。

爸爸来敲门了：“惠惠，起来吃饭！”

爸爸做了茄子烧肉：“这肉是一大早我去铺上买的最好的梅花肉，冰在水井里，比你食堂的肉好吃多了，快吃！”

我碗里的肉高高堆起。

他不骂我，也不说我，我心里反而更难受。

我放下碗，解释着："爸爸，我是不是给你丢脸了？我真的好好学了，我也不知道为什么……"

爸爸打断我的话："没有！你永远是爸爸的骄傲。

"爸爸相信你没开小差。只要你努力了，考得好，爸爸为你开心；考得不好，你也还是爸爸最宝贝的女儿！"

我的眼泪哗地就下来了。

爸爸皱着眉头："爸爸说错话了？这都是村支书教我的，他这个文化人也不靠谱啊！"

我哭笑不得，我就说爸爸怎么能说出这么一番大道理，原来是请了外援。

"没事，下回考好就行了，爸爸不怪你！

"快吃饭，菜都凉了。你是不是在学校都没好好吃饭？瘦了，个子都不长了。"

我擦了眼泪："爸爸，我有一米六四呢，在同学中已经算高的了。"

"高点壮点好，这样不会被欺负。"

04

晚饭后，我跟爸爸去村头取东西。夜色弥漫，我发现他已经有些驼背了，看上去，我们身高差不了太多。

可我印象里的爸爸，明明那么高大挺拔。那时我趴在他的背上，感觉是趴在全世界最宽阔、最温暖的地方。

爸爸，请你慢些变老吧。

请你，永远健康。

我还需要十年、二十年、五十年才能长大呀。

请你，一直一直陪着我。我想永远当你的小孩。

刘翠花虽然不跟爸爸往来，但她毕竟是村子里出去的，偶尔还是会回来。

春大娘告诉她我的成绩，两人一起在河边哈哈笑："惠惠上次还在我面前吹牛，说要考大学带她爸爸过好日子。就这成绩，我看下次要跌到眼睛都看不见。"

春大娘附和道："我早劝过，女娃不用读那么多书，你哥不信，纯粹是浪费钱！"

我骑着自行车回学校，春大娘远远看见我，扯着嗓门道："惠惠，要不别读书了，跟我女儿去打工赚钱给你爸爸还债吧！"

说什么都没用，我只有把成绩提上来，才能让她们闭嘴。

这次考试也让我明白一件事：死记硬背是行不通的，我要找到适合自己的学习办法，必须要提高效率。

说起来就是一句话的事，但是摸索的过程，真是艰难又痛苦。剩下的半个学期，我除了与书本作斗争，也在跟自己战斗。我逼着自己打破以前的学习方法，逼着自己用最短的时间，学到最多的东西。

一次次失败后，又逼着自己一次次爬起来。

很快期末考来了，我考了年级第 九十八名。

这是我入学时的排名，意味着我回到了原点。

是的，这是原点，亦是起点。

我仿佛获得了重新开局的机会，而这一次，我绝不允许自己再失败。

这年寒假，虞大娘和甜甜姐没有回来过年。爸爸趁着腊月事情少，帮虞大娘把她家屋顶翻新了一下。

外面的世界日新月异，小小的村子也有了改变。最大的改变就是，乡里建房的人少了，大家陆续去县里、市里，甚至在外省买房安家。

这就意味着：爸爸赚钱的机会越来越少。他嘴上不说，但我能感觉到他的焦虑。

过小年这天，他拎着腊肉和鸡蛋，带我去县里看虞大娘，一是感激她之前出手相帮，二是致歉那两千块得过完年才能还。

虞大娘住在主家，爸爸不便进门，聊了几句就准备走了。

我们走出一段，虞大娘追了上来："惠惠爸，我以前环卫工同事的儿子靠卖臭豆腐建了新房，你要不试着做点小生意？"

爸爸耳朵不好，做小工会被嫌弃，也赚不到什么钱。经过虞大娘的提醒，爸爸联系了他山东的战友。

过完年我开学后，他去了一趟山东。一个月后他回来了，带回一套煎饼果子设备和配方。他也不去做小工了，买了辆三轮车，准备去县城卖煎饼果子。

村里的人都没见过这玩意，春大娘夫妇更是笑弯了腰："就一个鸡蛋、一坨面糊糊、两片菜叶子，要卖两块，哪个有钱烧得慌的去买？"

爸爸连回来的车票都是找战友借钱买的，这是他全部的希望，只许成功，不许失败。

因为他耳朵不好，我在他车前竖了几块小牌子，标注上"甜酱""辣酱""鸡蛋""火腿"，客人需要加什么，用手点点字就好了。

第一天，才卖出去十个！

爸爸沮丧极了。

第二天，他摆在桥东菜市场门口，卖了三十个。

第五天，卖了五十个。

半个月的周五，放学后我去找爸爸，他正在菜市场采购食材。我帮忙拎着大包小包，沿着长长的巷子往租住的棚屋走。

路上路过一家即将收摊的包子铺，爸爸停下脚步，问："还有肉包没？"

"有！"

"帮我拿十个！"

我惊道："爸爸，你买那么多包子干吗？"

天色已经擦黑，路灯次第亮起，昏黄的光落在他眼角每一条皱纹上。

他笑着说："我说过等赚钱了每天给你买十个包子，让你吃到腻！

"爸爸现在做到了！"

就着猪头肉，我吃了四个包子，一直顶到喉咙眼。

爸爸从口袋里掏出一沓零钱："来，数数看爸爸今天赚了多少！"

我一张张清点。

一百,一百五,一百七……一共是四百四十六。

爸爸这得卖了两百多张饼。他的手指都被烫得起了泡，可他一点都不觉得痛，眼底有光。

"惠惠，以后你就算天天想吃燕窝，爸爸也买得起。"

其实做小生意也没那么容易，城管有时候也会赶人收东西。不过他们知道爸爸耳朵不好，没老婆，又要供个高中生，所以没有没收过车子，顶多把面糊端走警告。

碰到周末街上人多，爸爸的生意也会比较好。

张婶经常天还没亮就骑着摩托车上街，帮着爸爸一起卖，然后匆匆吃几口午饭，去看看生生哥，又骑着摩托车风风火火回乡下。

爸爸要给她钱，她死活也不要。

后来，爸爸就会给她买点油盐酱醋、洗发水、沐浴露、乳霜……碰到什么好吃的，他也会给张婶留一份。

这年六月，生生哥参加了高考。

出成绩那天我在上课，放学后我狂奔回家，看到爸爸和张婶已经在院子里搭起桌子，上面摆了许多好菜，生生哥正在一旁倒饮料。

我紧张极了，连忙问：“生生哥考得怎么样？”

生生哥粲然一笑：“620 分！”

我腿一软，一口气松了：“太好了！生生哥，你真是太厉害了！”

吃饭时，爸爸给生生哥倒了一杯白酒：“考上大学了，你就是男人了，以后你就是你家的顶梁柱，你妈妈就要靠你咯！

“咱们叔侄两个，干一杯！”

两个男人举杯，一饮而尽。

张婶也喝了几杯白酒，眼泪汪汪道：“我总算是熬出头了。”

爸爸拍着她的肩膀：“是啊，以后都是好日子了。”

张婶哇的一声，趴在爸爸胳膊上哇哇大哭。

爸爸大嗓门道：“莫哭莫哭，你儿子有出息，你该笑了。

“该笑！”

只是说着说着，他自己也哽咽了。

张婶独自把生生哥养大。爸爸独自把我养大。

一路走来，可能只有他们才能深刻体会，对方到底吃了多少苦，受了多少罪。

那一夜，城市的路灯遮过了漫天繁星，燥热的车鸣替代了乡间的蛙鸣。

爸爸和张婶喝醉了。

生生哥却是清醒的，他看着我浅笑道：“惠惠，我已经跨过了这道坎，接下来就看你的了！其实高考不难，难的是战胜自己。别多想，埋头往前就是。”

不久后就是期末考试。

这次全科综合，我考了年级第七十五名，单理科考了年级第四十七名，分到了理科重点二班。爸爸得知这个消息后，立马去菜场买了两斤牛肉。不是过年过节，他是不舍得买牛肉吃的。

生生哥最后报了本省的一所“985”院校，选的是该校的王牌专业——建筑专业。那几年城市飞速发展，建筑专业很吃香。这样大的喜事，自然是要办喜酒庆祝一番。

没承想，大喜的日子，来了一个不速之客。

生生哥失踪了十几年的爸爸，居然出现了，穿得人模人样的，拉着生生哥叫“好儿子”。他根本没死，而是另外娶了老婆成了家，还赚了点小钱，但是后面的老婆生了三个女儿都没生出带把的。如今得知生生哥考上大学，他忙不迭回来相认。

“你读大学的学费、生活费我来负责，爸爸以后的家业都是你的。”

爸爸大骂张叔不是东西，推搡间张婶一屁股坐在地上，眼泪鼻涕哭了一脸。她在无望的等待里消磨了一年又一年，最后却发现，自己老公其实好好活着，还另外有了家庭。

这也就罢了，他竟然还妄想把自己挖心挖肺养大的儿子带走。

张婶稳住情绪后，当即跟张叔提出离婚。

这一场守活寡守了十六年的婚姻，总算是走到了尽头。这对于张婶来说是剧痛，但也是迟来的新生吧。

虞大娘也过来吃酒了。这场闹剧后，她将爸爸拉到一边，告诉了一个她从主家儿子那里得知的消息：一中要建新校区，地已经批下来了，进度很赶，计划明年就投入使用。

主家儿子感激虞大娘照顾老人，本来是想看她有没有兄弟，可以带着发发财，可虞大娘是外地嫁过来的，如今离婚了，除了甜甜再无亲人。现在外面的人还不知道消息，如果爸爸有想法，可以提前去新一中对面租个门面。

爸爸一咬牙一跺脚，当即开始看门面。

新一中选址比较偏，都快偏到城乡接合部了。新一中正对面的位置，有个六平方米的门面，此前一直租不出去。门面太小了，干点啥都不合适，但卖煎饼果子就正好。

爸爸把全部的钱拿出来，租金按每年涨百分之十，一口气签了十年的合同。

建军伯知道这件事之后差点没笑死。

“那个地方鸟不拉屎，你就算要租门面也不能去那里。贪小便宜吃大亏。”

春大娘附和道：“我看你是留不住钱的命，要不然老婆怎么会带着十万块跑了！”

然而两个月后，对面开始轰隆隆挖土了，建军伯正好在这个工地上干活，所以他自然知道。

这里是要建一中，而且是带初中的那种。这就意味着，一旦投入使用，这所学校将容纳两三千名学生。这样的人流量，只要煎饼味道过得去，都不愁卖。

这一年，爸爸依旧推着三轮车摆摊。之前好不容易存的钱全都拿来交租金了，他比以前更节约了。如果我不在家，他就早、中、晚各吃一个煎饼果子对付。

一中还没投入使用，已经有好几个人来问爸爸，手里的租房合同要不要转让。

村里的春大娘都快酸死了：“也不知他走的什么狗屎运，这样的好事怎么就轮不到我头上？”

05

天气渐渐冷了，城里的同学都穿上了轻巧保暖的羽绒服。只有我，还穿着厚厚的丝绒棉袄。这袄子是我初二那年，爸爸在镇上赶集花五十块钱买的。每年冬天穿着它，越洗越薄，已经不那么暖和了。

而且我长高了，它有点紧。

学校有校服，我天天把它穿在校服里面，那会儿毕竟年纪小，心里还是会自卑。

每天我都把校服拉链拉得紧紧的，怕别人发现我一整个冬天都穿着不合身的棉袄，也怕她们闻到衣服因为太久没洗而散发出的气味。

周末放假，我陪爸爸出摊。

有的客人等待时会闲聊几句，问："你在读一中？"

"嗯！"

客人问的次数多了，爸爸就注意到我一直穿着校服："放假你怎么还穿着校服？"

"懒得换！"

那天爸爸早早收摊，洗了个热水澡，又催促我洗个澡。我还以为是要去吃酒，没想到，他带着我走到一家名牌店铺前。

他在落地窗前扯了扯自己的衣服，掸了掸根本不存在的灰尘，这才大嗓门道："走，爸爸给你买件新外套！"

"爸，这个好贵啊！"

"贵就多穿两年！"进了干干净净的店，爸爸顿时拘束起来，说话声音小得像是做贼，"两百块的衣服，穿十年，每年才二十块钱！"

说着，他在外套上擦擦手，拿起当季新款的价格标签看了一眼，吓得一哆嗦。

我觉得好笑，又觉得难过，拉着他往外走："去三井头随便买一件！"

爸爸却较上了真："就在这儿买，我看到好多年轻妹子都穿的这个牌子！"

店员给我推荐了旧款的，打完折两百一十块钱。别说当时，就是好多年后，我在网上买件两百块的衣服，都要心疼好几天。

爸爸付钱时数了三遍，还瞪我一眼："这衣服你至少要穿到大学毕业才回本！"

回去路上，爸爸拎着我的校服。

他边走边说："以后要买衣服、鞋子就跟爸爸讲，我现在赚得到钱，这么多钱都花下去了，再省这几个钱做什么？"

因为嗓门大，路人侧目，以为他在训我。

他叹口气，压低声音："爸爸是个男人，一把年纪了，不用换新衣新鞋，想不到那么细。"

"你有需要就说出来。"他摸摸我的头，"莫亏待自己，钱爸爸可以再赚！"

我又想哭了，赶紧点点头掩饰。

爸爸收回手，怔怔的，喃喃自语："惠惠，你都快比爸爸高了！"

是啊！你给我买奶粉买钙片，给我烧肉烧鱼。我长得那么快，可你也老得这么快，就像是我吸着你的青春，在奋力成长。

羽绒服真的很暖和，我把它穿在校服里面，依然将拉链高高拉起。以前，我是怕别人发现我的穷酸。现在，我是怕新衣服被弄脏。

我不在意了，不在意别人怎么看我，不在意他们会不会觉得我是个乡下来的土包子。

因为我有爸爸笨拙却真诚的爱，它能让我挺直腰杆，自信地对所有人微笑。

也是从那天开始吧，我的思想仿佛轻松了很多，在学习上也像是打通了任督二脉一样。

高二期末，我考进了年级前二十名。

也就是那年，甜甜姐高考考了 640 分，去了大城市上大学，虞大娘也跟着她一起去了。

临行前几天，爸爸请虞大娘和甜甜姐下馆子，张婶也在。

爸爸感慨道："你们两个都算熬出头了。"

张婶和虞大娘相视一笑："你也快了，惠惠以后会比生生和甜甜都有出息。"

爸爸喝得有点多，看了我一眼："等她飞走了，我就摆脱负担，彻底轻松了。"

嘴里说着轻松，语气却如此沉重，这大概就是世间父母。他们盼着儿女有出息，翱翔在天，又担心他们飞得太远，会忘了回家的路。

离开时，虞大娘将我叫到一边。

"惠惠，你爸爸单身一辈子养你不容易，假如……"她往身后看了一眼，"算了，等你高考完再说。"

爸爸喝多了，张婶帮我送他回家。

我去厨房给爸爸打热水，回来时听见张婶埋怨道："一把年纪，少喝点酒，前几年做手术的时候，医生怎么叮嘱你的都忘了？

"你是嫌自己活得太长是不？"

爸爸嘟哝着："你说啥？我没听清。"

张婶发了火："我说你迟早要醉死！"

爸爸呵呵笑着去扯她："我要是醉死，你舍得不？"

我突然就明白，虞大娘那没说出口的话语。

院子里散养的狗突然汪汪叫起来。

张婶猛地回头，看到站在门口的我。

她有些慌张："惠惠，不是你想的那样……"

爸爸也像是突然醒酒，猛地坐直了。

我笑了："张婶，我愿意的。"

她一怔。

我又看向爸爸："爸爸，我也很喜欢张婶，我也喜欢生生哥！"

爸爸脸红眼眶红，含含糊糊道："你好好读你的书，大人的事你少管。"

有"妈妈"还是不一样的。

张婶会荤素搭配，会给我煮红糖姜茶，买奶粉时会看哪个营养价值更高，而不是像爸爸，店员推荐啥就买啥。她会注意到我的内衣内裤旧了，默默买好新的，会把枸杞和红枣一份份分好，让我带去学校泡水喝。

高三开学后，新校区果然投入使用了。

爸爸的小店也开起来了。他负责做，张婶负责收钱，还有跟客户交流，一切都顺畅得很。张婶还学了炸臭豆腐，一个门面做两样营生，双倍收入。

村支书知道后笑呵呵地祝福："早该这样的啊！"

春大娘嫉妒得酸水直冒："他们两个不是早就勾搭到一起了吧？"

张婶可不是任人宰割的性子："关你屁事！老娘守十几年活寡，就算是勾搭了又怎么的？又没勾搭有老婆的男人！"

爸爸和张婶如今都是单身，天王老子来了，也阻止不了他们。

高三半个月放一天假。这天放学后我去爸爸店里找他，居然看到了刘翠花。

她脸上堆着笑靠在门边，艳羡无比地看着一群拥挤着想买煎饼的学生，道："哥，你这生意可真好，要我帮忙不？"

爸爸埋着头干活。

他没听见！

我觉得有些好笑。

刘翠花还不甘心，往前挤，吼道："哥，我给你帮忙吧，反正家里也闲。"

爸爸总算抬头看她一眼，道："买饼要排队！"

张婶哈哈大笑道："翠花，钱不收你的，队还是要排的。"

刘翠花的脸色当即黑得能当墨汁用。其后她来过很多次，觍着脸让爸爸把做煎饼的技术传授给她，她去城东初中门口摆个摊，赚点钱补贴家用，但都被爸爸拒绝了。

不过这些事，如果不是我碰到，爸爸从不跟我说，他怕影响我学习。

我知道，就算没有我，爸爸也能过上好日子。或许是没了精神压力，我的学习一直顺风顺水。从一模的年级第三十五名，到二模的年级第二十七名，三模年级第二十名，四模年级第十五名。

数不清的试卷，做不完的题。

黑板上的倒计时的数字一天天变小。

班主任一遍遍强调考试注意事项。

我的高中。

我的青春。

我的汗水。

我的梦想。

终于，到了要验证的时刻，考试的铃声即将响起。

从窗外吹来的风，让我想起十岁那年的入夏。爸爸凑不出我的学费，找了三个人借都没借到。

我心疼他卑躬屈膝的模样，晃着他的胳膊："爸爸，我不读了，我不想读了！”

他一巴掌拍在我的后脑勺上：“闭嘴！我当时就是因为家里穷，读完小学就回家干活了。那时候我们老师还说，我是个上中专的好苗子！惠惠，老天爷把你生得这么聪明，就是用来读书的。你不能辜负这份天赋。”

我想，我背负的不仅是自己的未来和梦想，还有爸爸的期望。

我是爸爸读书梦的延续，我要让他的梦开出绚烂的花，结出硕大的果。

考完最后一场出来，外面下起了大雨。夏日的暴雨，总是这样说来就来。等候的家长个个撑开雨伞，也分不清谁是谁。

我在校门口的台阶上扫了一眼，就听得一个洪亮的嗓门喊道：“惠惠！”

是爸爸。

他高高举着一把黑伞，一边踮起脚朝我挥手，一边不断往前挤。

“那么多妹子，就你最高最漂亮，我一眼就看到你了。”

爸爸，不是因为我美，而是因为，你的眼里只有我呀。

出成绩那天，正好村支书嫁女儿办喜酒。村支书这些年对我们帮助良多，我们特意回去搭把手帮忙。

生生哥一大早就给我打了电话，让我查到成绩就马上告诉他。他念大学后，因为要做兼职，寒暑假也很少回家。

去年过年，我们四人是一起过的，所以爸爸和张婶的事，他也默认了，还跟我开玩笑：“小时候说你是我妹，没想到真的成了我妹！”

我领了给了人端茶的活。乡下的酒席是翻台的，一般中午十一点半开第一轮，十二点半开第二轮。早上九点就陆陆续续有客人过来占位，因为有些主家不讲究，会将第一轮的剩菜热热，上到第二轮的席面上。

春大娘带着她八岁的孙女和七岁的孙子，一份礼金占了三个座。

她一边指挥我给她加茶水，一边把瓜子皮吐到地上："惠惠，高考快出成绩了吧，你能考得上一本不？"

刘翠花也带着三儿子过来了："那时好像是考年级一百六十多名吧，一本怕是悬，二本估计有点希望。"

她们对我成绩的印象，还停留在高一年级的期中考试。

刘翠花拍拍自己儿子，十分骄傲："我家三儿期中考了班上的第三名，老师都夸他聪明，是考大学的料。"

春大娘也眉飞色舞："我家小宝期中考试也是双百，将来肯定要考好大学的。"

中午十一点半开席后，我的活就少了，我拿着爸爸的手机，隔三分钟就看下时间。

快到十二点，正好又来了一拨客人。

我端完茶，张婶和爸爸就急吼吼过来了："找你半天，时间到了，你快查分数！"

两人架着我就跑到了喜棚外。

远远地，宾客带来的爆竹噼里啪啦。我将话筒紧紧贴在耳边，在杂乱的爆竹声中，听到了机械的播报。

"……总分642分。"

爆竹声还在继续，我的脑子也炸开了，拿手机的手不住颤抖，按了两遍重听键。

爸爸大声问："多少分？"

"642分！"

他没听清："多少？"

我对着他的耳朵吼道："642分！我考了642分！"

爆竹声停了，我的声音清晰而响亮地暴露在空气中。

村支书欢天喜地的声音在背后响起："太好了！"

喜棚处有好多人探头看着我们这边，夸赞和羡慕如海浪一般涌了过来。

"你家惠惠真的厉害，600 多分，不是一般人能考出来的。"

"是啊，这分数，全国大部分大学都能报了吧！"

"你家惠惠聪明、懂事又漂亮，你以后福气长着呢！"

爸爸腰杆挺得直直的："我早说了，这是投资！

"你们看，我投资没有错吧！"

春大娘和刘翠花吃得满嘴油，此时表情怔怔的。春大娘舔舔嘴唇："642 分能考华大不？"

我摇摇头。

她长长"哦"了一声："我还以为你能考华大呢！"

刘翠花凑了过来，笑呵呵道："惠惠，你从小聪明，姑姑就知道你考得上！以后读了好大学发达了，别忘了关照你表哥、表弟，他们可是你的正经亲戚。"

我呵呵一笑："什么正经亲戚？刘婶你已经跟我爸断绝关系了。我爸生病你一分钱都不肯拿，还要趁火打劫，现在再来修复关系，你不觉得有点晚了？"

我一点情面都不留。

刘翠花脸色难看，看向爸爸："哥，你看你女儿嘴巴多厉害……"

爸爸摆摆手："我没有你这样的妹妹，别乱叫！"

刘翠花的脸色，简直就像是从茅坑里挖出来的。

宴席结束，我们所有帮忙的人都吃过晚饭才回家。绚烂的晚霞层层叠叠，在天边次第绽放。田间的青蛙，已经开始呱呱鸣叫。路边的稻子已经开始发黄，稻穗沉沉地向下垂着。

家家户户的烟囱里冒出炊烟，大娘们拉长嗓门喊："发孙子，快回家吃饭了！"

我笑了，对爸爸说：“爸爸，我小的时候，你也是这么喊我的。”

他不承认道：“我没喊过你发孙子。”

“你那时喊我讨债鬼！”

爸爸哼哼道：“难道你还不是？老子为了养你，受了多少苦！”

我挽住他的胳膊，扬声道：“那不如这样，下辈子我来当爸爸，你来当女儿！”

爸爸狠狠瞪我一眼：“你想得美！还想骑到老子头上！下辈子你还是当女儿，我还当你爸爸。”

我已经比爸爸还要高一点了，但我还像小时候那样，把头靠在爸爸肩上，轻轻说：“爸爸，你是天下最好的爸爸，我愿意永远做你的女儿！”

我声音很轻，但他好像也听到了。

因为他眼睛红红的，眼眶中全是泪花。

06

我后来报了本省一所“985”院校，一所很有名的医学院的本硕博连读。生生哥劝我要慎重，因为本硕博连读是地狱级的难度，一旦考试不合格，可能就会以本科或者硕士身份结业。而且课程又多又累，压力还很大。

可我坚持，我想学医。

那年爸爸做手术时，医生曾提过一嘴，如果爸爸的耳朵没有伤到神经，戴助听器可以大大改善听力。

爸爸不同意我学费贷款：“我又不是赚不到钱，干吗去贷款？你瞧不起我？我挣的钱供你读大学绰绰有余！”

我没拗过他。

生生哥用他攒的钱给我买了一台智能手机作为升学礼物：“有了手机，以后会方便很多。”

我的学校跟生生哥的隔得不远，一有空他就会来找我，请我吃饭，带我四处去逛逛。

大二暑假，我用攒的奖学金和兼职费，带爸爸去医院做了检查，给他配了个助听器。

我习惯性地凑到他耳边问他：“怎么样？清楚吗？”

他捂住耳朵退后两步：“你这么大声干吗？”

说完，他愣了下：“我以前说话也这么大声音吗？你看你浪费这钱干吗？我早就习惯了啊。”

他放不下家里的生意，我送他去坐回县城的大巴。

大巴上，他一直聚精会神的。

我问他：“爸爸，你干吗呢？”

“我在听广播里报站名。我以前不爱坐车，心里得一站站地数，怕坐过站要问售票员到了没到了没，人家嫌我烦。”

我眼睛红了：“以后你可以自己听，再也不用问了。”

爸爸长出一口气：“嗯，再也不用问了。”

听张婶说，爸爸第二天就回村了，满村转悠，告诉每一个人：“你不用这么大声跟我说话，我能听见。我女儿给我配助听器了！”

再也没有人敢当面说爸爸的坏话。

爸爸能听到车声，能听见潺潺溪水，能听见鸟叫，能听见蝉鸣，也能听见，我轻轻告诉他——爸爸，我永远爱你。

恶意与玫瑰

妈妈生下弟弟后，我被爸妈扔给爷爷。

后来我得了重病，妈妈说："死了也是她的命。"

万幸我没死，还考上了大学。

妈妈又拉着我的手，亲热无比道："要不是我从小教你独立，你哪能有现在的出息？"

01

妈妈不喜欢我，我从很小的时候就知道。她生下我后奶奶没伺候她坐月子，爸爸更是十天不到就离家进厂。

她经常怪我，说："你要是个儿子，你奶奶不得把我当祖宗似的供起来？"

我是女孩，这好像是原罪。

我的身体一直不好，很瘦。

邻居大娘说："你弄点好吃的给孩子补补。"

妈妈摆摆手道："没用，吃了也不长个儿，浪费东西。"

病了也得靠自己。有一次我咳了整整一个冬天，好多人都劝妈妈带我去医院看看。

她拒绝道："小孩子要少去医院，医院都是黑心肝骗钱的。多咳咳才能增强抵抗力。"

在我十一岁那年，她如愿生下了弟弟。可惜那时候奶奶已经过世，妈妈也没有享受到被当祖宗供着似的待遇。弟弟满周岁后，爸爸妈妈带着他一起进厂打工。

上小学六年级的我，被扔给了爷爷。

正月十六那天，我在村口送他们上大巴。

我拽住妈妈的衣袖，怯怯发问："妈妈，暑假我能去找你们吗？"

村里其他的留守儿童暑假都能去找爸爸妈妈。

妈妈不耐烦地甩开我的手："到时候再说吧，你往边上去，挡着路了！"

老旧的大巴启动，很多父母从窗口探出头来，依依不舍地跟自家的孩子告别。弟弟的脑袋也伸了出来，很快被妈妈的手一把拨回去。

我一直目送到汽车消失在路口，她都没有回头看我一眼。

爷爷沉默寡言，几乎不笑，每天除了干活，就是坐在门槛上抽水烟袋，之前我跟他就极少相处，如今更是尴尬无比。

每天只有几句固定的话。

"起来上学了。"

"吃晚饭了。"

"不早了，洗洗睡吧。"

在压抑的氛围里我度过了一学期，暑假终于来了。

我打电话问妈妈："王大娘回来了，我能跟着一起去你们那儿吗？"

王大娘跟爸妈在一个厂里上班，这次回来是接四年级的女儿去那边过暑假。

妈妈断然拒绝道："别来了，我天天上班，你弟弟缠死人，我哪有时间管你？"

一天晚上，我做了个梦，梦见自己被几条野狗咬住了腿，血流不止。我哭着求爸妈救救我，可他们抱起弟弟，狂奔离开。

我从噩梦中惊醒，腹部一阵暖流。我的初潮来了。它来得太早，弄脏了床单、裤子，如此不合时宜。邻居姐姐借了我一片卫生巾应急。我蹲在院子里用井水洗脏床单。

爷爷回来了，他问："怎么不去池塘里洗？"

家里水井的水量不足，只用来喝和烧饭。

我手忙脚乱地将沾了污血的床单掩住，喃喃解释道："井水凉快。"

好在他没有追问。

可我还得问他要钱："爷爷，您能给我五块钱吗？"

他脸上没有笑意，淡淡地问道："你要钱干吗？"

我要买卫生巾。

可一个十二岁的小姑娘，如何能坦然地将这话对一个男性长辈说出口？

我脸红得要滴血，紧紧绞着手。

爷爷盯了我半天，从裤兜里摸出一沓零钱，又从里面抽出五块递给我，问："够吗？"

在这之前，每次我问爸妈要钱，都会换来一顿骂。这还是第一次，有人问我够不够。

我用力点头。

五块钱，恰好可以买一包三十片的卫生巾，其中还有五片是加长夜用的。

我很节约，以为一定够用，可十天过后，“大姨妈”还没走。

我有点害怕，给妈妈打电话，她不以为意道：“那就再等两天，这点破事，干吗浪费电话费？”

结果当天我吃完晚饭，准备送碗筷去厨房，跨过门槛时，感觉身下一股巨大的热流，我双眼一黑，晕了过去。

醒来时，我躺在三轮车上。

月光湛湛，将爷爷的影子拉长，覆在我脸上。他正在骑车上坡，双腿奋力地踩着，整个人几乎立起，后背绷得直直的。

爷爷好瘦啊。

他的肩膀，只比我的宽一点点。

我坐了起来：“爷爷，让我下来自己走吧。”

他凶了我一句，声音被夜风吹得支离破碎：“别乱动，一动我更费劲。”

卫生所的医生给我打了止血针，不忘叮嘱爷爷：“小姑娘太瘦了，要补充营养，调理身体。”

从那天起，每天早上爷爷都会给我煮一个鸡蛋。每次张屠夫家杀猪，都会给爷爷留半挂猪肝。他还买了三十只乌鸡崽，伺候祖宗一样地伺候着。

夏日酷热，风扇吹出的风都是烫的，我难以安睡。爷爷就把竹床搬到池塘边，和我头脚相错躺在上面。那时，星河满天，蛙声绵延。他手里的大蒲扇摇个不停，凉风习习，自脚底拂到我发梢。

我迷迷糊糊便睡过去了。

家里的乌鸡还没长成，我就要去念初中了。

初中在镇上，离家很远，我只能寄宿。住宿条件也很简陋，一个宿舍住十二个人。学校里热水紧缺，一块钱一壶，去晚了还打不到。冬天得用冷水洗澡，洗澡还只能在厕所里，厕所没有门，是整栋楼公用的。

每个路过的人，都能轻而易举地把你看光光。我经常一边洗一边打哆嗦，洗完后钻被窝里，一整夜脚都是凉的。

期中考试的时候，我来了第二次月事。这一次竟然来了两个星期，它依然没有停，肚子也很疼，导致我考试时脑子都是昏昏沉沉的。

考完试回家，爷爷都吓坏了："玲玲，你的脸怎么雪白雪白的？"

他又带着我去打针。

医生说："最好还是带去大医院看看。"

爷爷就念过三年学，大字不识几个，自然只有爸妈才能带我去。

那天下着秋雨，没一会儿他打完电话冒着雨回来了。

我坐在门边，朝着他微笑："爸妈不会回来，是吗？"

爷爷语气闷闷的："来帮我杀鸡。"

他要杀最大的一只乌鸡，让我帮他抓鸡脚。

"这乌鸡还没长成。"我说道。

鸡至少要养五个月，下过蛋后，才算是老母鸡。

"让你抓就抓，别说废话。"

时候未到，鸡不肥，但汤依然很香，或许是因为它是用爱熬成的吧。

过年期间，爷爷就我看病的问题跟爸妈吵了一架。

妈妈尖锐的嗓音狠狠戳着我的耳膜："每个女人都要来的，就她娇贵些？她要是因为来这个死了，那也是她的命！医院那都是宰人的地方，能去吗？"

整个初一、初二，我的例假一直不准，有时一来半个月不走，有时两三个月不来。好几次我都痛晕过去，把老师吓得够呛。

那时我很自卑，下课不敢轻易挪动，放学总是最后一个走。因为它时间和量都不规律，时不时会弄脏凳子。我最怕老师叫我起来回答问题，每天都恨不得自己是透明的。但是也有很多细碎的温暖回忆。

有次我弄脏了凳子，用纸巾怎么都擦不掉。我忐忑不安地去厕所，回来时发现同桌李桉的凳子放在我桌子下，我的凳子不见了。

我脑子正轰隆隆时，李桉拎着我的凳子回来了。

同学笑话他："李桉，好好的洗什么凳子？是不是把屎喷凳子上了？"

李桉瞪他们："是你们嘴里的粪喷我凳子上了。"

我脸红得要滴血，用蚊子一样的声音说谢谢，也不知他有没有听到。后来很多次，他都偷偷帮我洗凳子。

我的情况，室友们大概也知道。有次我肚子痛得实在不行，路都走不动，是室友小迪背我回的宿舍。她睡在我下铺，有时半夜，我能感觉她给我盖被子。

爷爷每周都会骑车往返三小时给我送乌鸡，还央求严厉的宿管阿姨，请她炖给我喝。温在电饭煲里，可以连续喝两天。

初二暑假，爷爷去帮姑姑带孩子。爸妈问都没问他，就直接带着我进厂了。

其实我的成绩一直不错，如果考试时没有遇到大出血，我是能进入年级前十名的。可爸妈从不关心，甚至从没问过我考得如何。

读小学时，老师曾问过我："你长大了想做什么？"

我很务实道："跟爸爸一起去打工。"

很可笑吧。

那就是七八岁时我的梦想。我以为，我的人生跟爸妈，跟村里的很多女孩都一样。然而流水线跟我想象的截然不同。

爸妈打工的厂子是做服装的，我是新来的，被安排做最简单的工作——剪线头。很多品牌的衣服都是工厂代工再贴标，有些品牌要求严格，不能有线头。剪一件衣服的线头，拿三分钱。

我手脚慢，工厂急着出货，车间主任一直催我。

妈妈在车袖子的间隙也凶我道："你弄快点，在那儿绣花吗？"

厂里有很多是夫妻档出来打工，带着两三岁大的孩子。那些孩子跟弟弟一起，在车间外的水泥地上疯跑，到了晚上就睡在硬纸板上，请等着父母下班后将他们抱回宿舍。

那天我加班到凌晨四点，才将手里的活干完，胳膊酸得几乎抬不起来，手指也是僵的。

出车间时，天色已经蒙蒙亮。城市正在苏醒，而我，还未入睡。我只睡了不到三小时，又被爸妈叫起来上工。

很多工人会为了几分钱，跟核算工时的会计大吵大闹。嗡嗡作响的机器，汩汩而下的汗水，高高扬起的灰尘，车间主任锐利的嗓门，还有下半身好像永远也停不住的血，所有的这些混在一起，如厚厚的岩浆，正一寸寸将我吞没。

这种日子，是一眼能看到头的绝望吧。

一个多月后的一天下午，客户来考察，车间主任点头哈腰，陪着接待。

领头的姐姐约莫三十岁，化着精致的妆，穿着浅灰色的工作服套装，蹬着高跟鞋。

经过我身边时，她停下脚步，微微屈身问我："多大了？"

“十八岁！”

我是借别人的身份证进的厂，不能说真实年龄。中途我去上了个厕所，发现她正站在树下抽烟。

见我出来，她赶紧拧灭烟头，冲我挑眉：“你还没满十五岁吧？听姐姐一句劝，如果能读进去书，想尽办法也要回去读！”

“我以前……”她放缓了语气，“也进过厂……”

很快厂里的领导找了过来，她坐着锃亮的高档小轿车走了。

那天厂里机器出故障，难得提前下工，爸妈带着我和弟弟坐公交去逛步行街。妈妈大着嗓门跟售票员吵架，坚持说我还不到十岁，不肯付车费。

车里所有人都朝我们看过来，我恨不得找个地洞钻进去，拉着她的袖子：“妈妈，我自己出行吗？我很快也有工资了。”

后来她一路都在骂我，骂我糟蹋钱，骂我不懂事，骂我赔钱货。

那一刻，深深的恐慌席卷了我。如果我继续待在这里，五年后，十年后，二十年后，我会变得跟她一样吗？

下了公交，我跟爸妈说：“我想回去读书。

“我想读高中，我想考大学！”

八月底，天气酷热。

妈妈拉着不听话的弟弟，对着我一顿骂：“你是不是烧坏脑子了？

“你也不看看自己是什么身体，就你这三天两头病恹恹的，哪有精神学习？

“你趁早死了这条心！”

死不了，这个念头一旦生出，就像是夏日水田里的浮萍，瞬间蔓延，无法斩断。

还有三天就要开学了。

爸妈很生气，将我一个人扔在步行街，他们坐车回去了。我身上没钱，沿着来时的路一直往回走。

好渴，嘴巴起了一层皮。

很饿，肚子里像是在擂鼓。

很累，血好像又在流，我却顾不上。

夜色翻涌而来。异乡的这条路，似乎永远都没有尽头。

放弃吧，求饶吧，为了一点稀薄的父母之爱，为了一口水一顿饭。

就在几近绝望之时，视线中出现一个小小的熟悉的身影。

我疑心是自己看错了，使劲揉了揉眼睛。

那个人影朝我飞奔而来，呼唤着："玲玲……"

是爷爷。真的是爷爷！

他头发乱糟糟，满脸灰尘，拖鞋跑丢了一只，背上的尿素袋掉了也顾不上捡，就这样飞奔到我身边，一把扶住虚弱的我："玲玲，总算找到你了！"

他只认得那么几个字，以前去过的最远的地方就是县城。

他从没坐过火车，他说不来普通话。

可就是这样的他呀，独自上路，跨越五百多公里，穿着拖鞋，背着尿素袋，在茫茫人海里，捞起了我，捞起了差点溺毙的我。

02

爷爷领我去吃面，就点了一碗。

"你吃，我不饿。"

我吃了一小半放下筷子："爷爷，我没胃口。"

他把碗拿过去，呼呼几筷子吃完，把面汤喝得一滴也不剩：

“不能浪费粮食。”

他跟爸妈大吵一架，最后放下话：“你们没钱，那我来供，只要我活一天，玲玲就有一天书读！”

爷爷除了每周给我送乌鸡，又四处找偏方，熬好后灌在保温桶里，骑一个多小时的自行车，送来给我喝。

那些药无一例外都很苦。每次喝完后，爷爷都会给我几颗薄荷糖。菱形的米色糖果，每一颗的表面都撒满白砂糖，很甜，很清凉，是我吃过的最好吃的糖。

如今回想，初三那年，是我整个人生最努力的一年。

或许是爷爷的各种偏方起了作用，或许是老天爷眷顾我这个可怜人，初三那年，我的月事相对比较规律。虽然每次也要绵延十来天，但只打过三次止血针，而且也极少再弄脏裤子。

每周两只乌鸡吃下去，我的脸也有了点血色。

就连李桉都说：“彭玲，你好像胖了点。”

他伸手比了比：“也长高了，快到我肩膀了。”

我那会儿是班里最瘦小的女生，李桉总说他一只手就能把我拎起来。

因为精神头跟上了，脑子前所未有地清醒，加上不用担惊受怕被骚扰，学习效率也大大提高。期中考试，我考到了年级第五名，这是以前从未有过的成绩。

可我还是经常陷入噩梦，梦见自己还在服装车间，被满是线头的衣服紧紧包裹。我剪呀剪呀，线头却越来越多。每每醒来，我都很恍惚。

不知如今继续读书，是梦还是真？

但我很清楚的是，一旦我松懈，一旦我退步，那些永远剪不完的线头，就会是我逃不开的人生。

学校每天晚上十点半熄灯，早上六点半打起床铃。我总是晚上十一点半入睡，早上五点半就起来。

夏天天亮得早，天光足够看书。入秋后却是不行，但好在厕所门口的灯是整夜亮着的，里面散发的气味虽然难闻，却也能提神醒脑。

一开始，小迪跟着我一起学，但一个星期后，她坚持不住了："我困死了，我要去睡了。"

我拉住她："你不想念高中念大学吗？"

她打着长长的哈欠："明天，我明天再努力。"

然而她明天也没坚持住。

那年冬天很冷，天气预报说是十年未见的寒冬。一夜醒来，廊下的冰锥有二十厘米长。厕所的门窗常年开着，冷风呼啸，站十分钟就能让人浑身冰凉。我把厚衣服全裹上，来回走动，也并不能暖和多少。

这天晚上十点五十，宿管的脚步声响起，我吓得赶紧躲进厕所，没想到她跟进来了。

她站在门口，板着脸看我："跟我来！"

她把我带到她的寝室，扔给我一个热水袋："以后在这儿学。你要是冻死了，我还得负责！"

爷爷暑假料理完家里地里的活，就跟着包工头去工地做小工了。

有次放假，我绕路去工地找他。他正弯着腰，肩膀上已经有了一包水泥，却示意同伴再给他上一包。第二包水泥压上去，他脚步一个踉跄，整个人瞬间矮了十厘米。

我担心他摔倒，惊呼出声。

他却稳住了身体，转头示意我离开："这里都是灰，你走远点，别呛着。”

他运完水泥后来找我，身上已经拍干净了许多。

包工头经过我们，问：“这就是你孙女？”他拍拍我的肩，“你可要好好读书，你爷爷这把年纪‘不享福’出来干活，都是为了你哦！”

爷爷摆摆手：“别乱说！”

等他离开后，爷爷道：“我在家闲着也是闲着，出来做点工活动筋骨，不容易生病。”

他推来自行车：“走，咱们回家，我让王屠夫给我留了一只猪脚，晚上咱们吃顿好的。”

夜色如流云，翻涌而上。已然入秋，山路寂静，偶有鸟啼。我靠在爷爷的背上，能感觉到他单薄的脊骨。

“爷爷，您要活到一百岁好吗？”

“你讲笑话，十里八乡还没有活到过一百岁的。”

“但是我想您活久一点，等我长大了，好好孝顺您。”

夜风吹鼓了爷爷的衣衫，也吹来了他轻柔的话语：“好，那爷爷为了玲玲，努力活到一百岁。

“爷爷要看着玲玲读大学，结婚，生孩子，当奶奶。”他说着说着笑起来，“到时候，爷爷就成老不死的咯。”

不会的，爷爷。

我希望您长长久久地活着。等我长大，有能力，换我竭尽全力爱您。

抱着这个念头，我学习更加努力。

皇天不负有心人，期末考，我考到了年级第二名。

这下连班主任都很吃惊：“彭玲，你是有读书天赋的，一定要坚持，不能浪费老天爷的恩赐。”

世人芸芸，每人天赋皆有不同。有些如李桉这般，善交际，身体素质好。有些如小迪那般，细腻温暖。有些如我，体弱却头脑聪明。

老天爷为你关了一扇门，总会打开一扇窗。

最后半年，我摈除杂念，全力冲刺。买不起习题册，就觍着脸借李桉的自己抄。没有草稿纸，我就帮班主任批改试卷，从他办公室拿废纸用。我把错题反复纠正，做了一遍又一遍，我的成绩也再度提升，稳坐年级第一。

可我知道，这不是终点。我心无旁骛，我全力以赴。

终于，燥热的六月来临。中考，如期而至。

天气酷热，乌云翻滚，　场暴雨即将来临。

偏偏考场的吊扇还坏了，监考老师拿着考卷袋子，哗哗扇风，汗珠滚滚而下。

这是考试，也是酷刑。

最后一场时，我感觉小腹胀痛，手心都是虚汗。

好不容易熬到交卷铃响起，一位同学拉拉我的衣袖："同学，你的裤子上有血！"

久违的月事，它又来了。

出成绩那天，恰好是爷爷虚岁六十的生日。

六十岁是大寿，亲朋好友都来恭贺，开了两大桌，爸妈带着弟弟也回来了。

饭桌上谈起我。

姑奶奶说："玲玲，这三年你爷爷一个人带着你不容易，现在也毕业了，可以跟着你爸妈一起去赚钱了，一定要孝敬他。"

其他人也纷纷附和。

"玲玲长得漂亮，人也乖巧，将来肯定能嫁个好人家，到时候你的孙女酒喝不完。”

…………

爷爷打断他们的话：“玲玲要读高中的。”

姑奶奶皱眉：“高中不是那么好考的吧？”

“玲玲是漂亮，但也不是聪明相。女孩子读个初中，会认字会算数就够了。”

好几个亲戚点头迎合。

“我家孙女也是初中毕业，现在在厂里一个月能拿一千多，谈了个对象，家里有房有车，蛮好的。”

“是的，我隔壁人家也是辛辛苦苦供女儿读书，三年高中，不晓得花了多少钱，结果考了个大专。”

“还不如初中毕业就去打工！”

“对了，我们村有个男的条件不错，家里刚建的楼房，还买了收割机，我看跟玲玲蛮般配！”

妈妈哄着弟弟吃饭，附和道：“我也是这个意思，玲玲身体不好，哪能集中精力读书？都是浪费钱。”

“爸，还不如一心供金华读书。”

爷爷喝了一口白酒，掷地有声：“只要玲玲考得上，我就供她读！”

就在这时，爸爸的手机响起，是班主任打来的：“是彭玲的家长吧？中考成绩出来了！”

爷爷抢过手机，迫不及待地问：“玲玲考上了没？”

他年纪大，不习惯贴着耳朵听电话，催促爸爸给他按下免提键。

于是，班主任的声音清晰地响起：“考上了，彭玲考了全县第二名，您家姑娘真的厉害……”

他话还没说完，妈妈就惊诧地打断道："全县第二，你没搞错吧？"

"不可能搞错，排名榜每个学校都要发一份的。"

满屋子的人都惊呆了，其实我自己也是。那会儿县里没有联考过，我没想到自己能考这么高。

只有爷爷骄傲又激动："我早就说玲玲一定考得上吧。"

他满面红光，眼眶都是湿的，摸着我的头："好好读，考个好大学，以后带我去看看外面的世界。"

如果只是考个寻常的分数，亲戚们或许还会让爷爷别浪费钱。

可我是全县第二名。

亲戚们震惊过后，纷纷改口。

"玲玲你怎么这么聪明！"

"全县第二名，你这一只脚已经跨进大学了。"

"玲玲身体不好其实是富贵病，说明她以后要大富大贵的。"

就连爸妈也改了口风："既然你爷爷愿意供你，那你就继续读吧。"

爷爷那些天很兴奋，走路腰杆都挺直了。

村民们打趣他："彭老头，你人逢喜事精神爽，看上去年轻了十岁！"

爷爷笑哈哈道："那是自然！我答应了玲玲要活到一百岁，将来享她的福！"

太多的赞美和恭维，让我有些飘飘然。我当时有一种光明的未来触手可及的错觉。

那会儿市里最好的长泉中学朝我抛出了橄榄枝。反正是寄宿，去哪里都一样，我想去更好的高中、更大的城市见见世面。

03

我以为，在长泉我会光芒万丈。

可进去了之后才发现，全县第二在这里根本算不了什么，几乎每一个来这里的学生都曾是人中龙凤。身为鸡头的我到了这里，甚至连凤尾都算不上。

暑假，他们全都上了补习班，再不济，也自己预习了高一的课本。只有我，还跟初中时一样，什么都没有准备。

摸底考试，我排在班级倒数第十。

我永远都忘不了班主任当时把试卷发给我时，轻飘飘地说的那句话："你们县的教学质量，很一般啊。"

小学、初中，我一直是老师眼里的宝贝，是他们的重点呵护对象。可在这里，我跟尘埃一样渺小。这种巨大的落差感，对于一个十六岁的孩子来说，真的很残忍。

学校大部分的学生都是市区的，他们穿着名牌的衣服鞋子。而我，穿着十五块钱从镇上买的布鞋。

不到一个星期，布鞋侧边就开了胶，我买了胶水，粘了又粘。有次下大雨，我从食堂跑回教室，鞋面全湿透了，一脚踩下去，袜子都水唧唧的。

室友说："你赶紧回宿舍换双鞋吧。"

我把脚收在凳子下，摇摇头："没事，一会儿就干了。"

我就这一双鞋，换无可换！

我也很想好好学习，于是问同桌不懂的问题。

她很淡漠道："这个题很简单，你是在浪费我的时间。你如果底子不好，可以周末去补习。”

补习？我连来读书都是在吸爷爷的血，哪里有钱去补习？

市里离得远，规矩也多，爷爷不可能再给我送药，也没人给我熬乌鸡汤。

我每天压力很大，月事又开始不规律，足足半个月，它都停不下来。而且因为没有及时更换卫生巾，我还发炎了。

那天，同桌突然紧紧皱眉问：“什么味啊，这么臭！”

我的心瞬间吊到了嗓子眼，整个人缩成小小的一团。是我身上腐烂的气息散出去了吗？前后左右的人都在吸鼻子，同桌更是侧过身来嗅我。

其实只有短短的十几秒，可在当时的我看来，却无比漫长。

后面的男生笑着道：“我刚吃了个榴梿糖。”

瞬间吸引了所有的火力，我想念小迪，想念李桉。

我很后悔。

如果我选择在县一中念书，境遇应该有所不同。

绵延了近二十天，月事停了。

我松了口气，集中精力想要好好学。

可十天后，它又来了，我甚至在体育课痛晕了过去。

医务室的老师给我打了止痛药，并且催促道：“让你爸妈带去大医院看看，这种事拖不得。”

我给妈妈打电话。

她在那头沉默好一会儿：“现在厂里天天赶工，我没时间，也没钱啊！”

我每半个月给爷爷打一次电话，不想让他担心，每次都说自己很好。

期中考试，我的排名不升反降，整个人更加沮丧。我每天都血流不止，脸色苍白，经常半夜两三点都睡不着，而早上六点多就得起来晨读，头发大把大把地掉。

十一月底，学校校庆。

我们班的节目是大合唱。我因为个子矮、形象好，站在第一排。

已是初冬，我们的表演服却是白色齐膝短裙，其他人都穿了透明的长筒袜。

我不舍得花钱买，因为平时穿不上，所以光着腿。

寒风瑟瑟，我双腿不断颤抖。

小腹坠胀，热流滚滚。

唱歌途中，还要配合简单的伸腿舞蹈动作，我一伸腿，有东西沿着腿根掉了下来——是我买的劣质卫生棉。

它染着血，掉在了舞台中央。

我的脑子轰的一声就炸了。

腹部的开关像被打开，鲜血汩汩而下，沿着腿根缓缓而下，汇入鞋袜之中。

表演还在继续。我没有勇气抽身就走，只能像木偶一样站在舞台上接受众人的审判，眼前一片昏花，耳朵里涌入无数的笑声。

终于熬到结束，我甚至都忘记捡起那块耻辱，落荒而逃。

我一直跑到了顶楼。顶楼有一些花盆，里面的花已经枯死。我想起临开学时，爷爷把菜园里那棵开了好些年的红蔷薇给挖了。

我当时问他："开得这么好，干吗要铲掉？"

"表面看着好，其实底部已经黑秆了，迟早会死的。"

我就像是那棵蔷薇，表面看着繁花簇簇，实际底部的根系已经腐烂。

死亡，只是迟早的事……

鲜血还在继续往外涌。

猎猎的风，吹起了我的裙摆。

我看向下面密密麻麻的人群，如果现在从这里掉下去，会不会破坏了学校精心准备几个月的校庆？

我往前一步，脚踩在护栏上。

就在这时，我身后响起一个熟悉的声音：“玲玲……”

我一回头，看到了爷爷。他穿着早几年姑姑买的，他一直舍不得穿的新外套，蹬着黑色皮鞋，还背着一个大帆布包。

他咧嘴朝我笑，眼角密密的皱纹层层堆叠：“玲玲，快过来！”

“爷爷凑到钱了，带你去看病！”他把帆布包打开，从里面掏出很多宝贝。

“这是爷爷给你晒的鱼干，还有润饼、肉粽……你看看你，都瘦成什么样了。”

我的眼泪滂沱而下，转身飞奔着扑到他怀里。

爷爷紧紧搂住我，声音哽咽：“你这孩子，身体不好，大冷的天还站在楼顶吹风，你不要命了？”

“你要急死我？！”他坚持把外套脱给我穿，扯着自己里面的衣服，“这衣服太旧了，会不会给你丢脸？”

我使劲摇头，热泪滚滚，“不会，不会。”

进了楼道，我才发现班主任老陈居然在。

他额上都是汗珠，看到我后长出一口气：“表演失误也不是大事，身体要紧，快跟你爷爷去医院吧。”

所以，他也知道，刚才有一瞬间，我动了想死的念头。

爷爷带着我去市医院，他不太识字，就跟在我背后付钱。

他把钞票放在缝在裤腰上的布袋里，每次掏钱都要去厕所解腰带，怕我等着不耐烦，还跟我解释。

“人多小偷就多，这是你看病的钱，爷爷一分钱都不能丢的。

“爷爷还能赚十年钱，这里是大医院，你的病一定能看好。”

医生开了一大堆检查项目。

等待检查结果时，我们去医院的小卖部吃午饭。爷爷给我买了一个猪排盒饭，找店家要了一杯开水。我们坐在外面的长椅上，他从帆布包里掏出两个面饼就着开水吃。

“我在家做多了，不能浪费。”

给我掏几百上千的检查费他不眨眼，却不舍得花十块钱给自己买一份热饭。

我真是该死。

医生说我是月经不调，给我开了药，让我先按时吃药。

出医院时，天色已经擦黑。爷爷担心家里的鸡鸭，急着赶回去。

我送他去坐车。

上车前，他把身上最后的一百多块钱递给我：“玲玲，天冷了，拿去买双厚鞋子穿！”

他站在大巴的台阶上，摸摸我的头：“一定要按时吃饭，身体是最重要的，其次才是学习。”

回了学校，有男生在背后嬉笑议论：“就是她，那个血染舞台的……”

我正窘迫，一道明亮的声线传入耳中：“说什么呢？你们没妈妈没外婆没有姐妹吗？”

是班长刘彤。

她揽住我的肩膀：“别搭理他们，嘴这么碎。”

正是晚自习期间，她牵着我进了教室，大家纷纷抬起头来，看了我一眼后，又低头，看书的看书，做题的做题，没人格外关心或者安慰我。

但这就是我想要的，我希望大家彻底忘掉那件事，就当从未发生过。

下晚自习后，教英语的王老师叫住我，递给我一袋东西。

“我跟陈老师给你买的，他不好意思给你，托我出面，你快拿回宿舍吧。

“以后你有什么不懂的题，可以来问我们。”

袋子里是几大包卫生巾，还有红糖和红枣，以及一盒全新的内裤。

这一点细碎的温暖，就足够让我鼓起勇气前行了。

医院的药吃完，也放寒假了，情况并没有明显的好转。

爷爷敦促爸妈寒假带我再去看看。

妈妈皱眉道：“这么大的医院去了都没啥用，还能去哪里看？大过年的跑医院多不吉利！”

爷爷又念又骂。

爸妈最终还是拿了两千块钱出来：“过完年，你带她再去看看。”

这年正月，天气很暖和，爷爷闲不住，大年初六就去菜园子里刨地。

我跟着去帮忙，听到他突然“咦”了一声。

“怎么了，爷爷？”

“你过来看！”

那是上次被爷爷挖掉的蔷薇，本以为肯定死透了，却没想到有一根红色的嫩芽？从土里蓬勃而出。

日光灿灿，落在它身上。它在微风里轻轻摇曳，彰显着生命的顽强和美丽。

爷爷举起锄头，准备将它铲去，却又在半空中改了路径。

那根枝条就此留下，静等繁花盛开。

初十，爸妈前脚带着弟弟回厂，爷爷后脚就带我去市里看病。

他很开心："年前卖了一头猪，你爸你姑又给了点，够给你看病了。"

这次去的是新开的医院，医生很笃定："是盆腔炎，先办住院吧。"

爷爷满怀希冀地问："能治好吗？"

"能！"

爷爷笑出一脸褶子，连连点头："那就好，那就好！"

医生开了很多检查项目，要打好多种药，缴费单一沓一沓的。

我和爷爷抱着美好的期待——经此一次，我能成为正常人。

可现实很残酷。

住院的第六天，有人拉着白布在医院闹事，让主治医生给他们的儿子偿命。很快就有警察过来。原来那是一家骗子医院，可我们当时都不懂。

医院里乱哄哄的，爷爷也不见了，我在主治医生办公室找到了他。

一大群病人家属闹哄哄地在讨要说法，爷爷死死抱住医生的腿。

日光灯那么刺目，照亮他黑白斑驳的头发。

他跪着哀求道："把我的钱还给我，那是给我孙女治病的。我孙女才十六岁，她的病耽误不得。把我的钱还给我。"

眼泪自他浑浊的眼睛里滚滚而落。

我拨开人群去扶他："爷爷，您先起来，起来！

“您没有错，您别跪他。

“您别跪！”

爷爷交了六千块，最后也只退回一千。他捏着好不容易要回来的钱，神色颓然。

“我真是老了，不中用了。”

我紧紧挽住他的手：“爷爷，我不看病了。反正也不会死，就这样吧，也许哪天它自己就好了。”

爷爷擦了擦眼角，粗糙的手摸上我的脸，扯出一抹笑：“傻妹子，你才十六岁，当然要治。”

“我现在就回去赚钱。”爷爷送我回学校后，匆匆回家。

04

一个月后，他笑容满面地来找我。

“玲玲，我又攒了五千块，咱们看病去。”

我很惊讶：“这么短的时间，您哪来这么多钱？”

“我把家里的十棵柏木给卖了！”

乡下人重丧事，那时都是土葬，棺材也是自己定制。

家里的十棵柏木快二十年了，是准备给爷爷打棺材用的。

我急了：“可那是……”

爷爷笑道：“我要活到一百岁，现在再种树也来得及。”

“再说，人死了草席子包着入土也一样。”他慈祥而温柔地注视我，“你一辈子还很长，当然给你看病更重要。”

这次我们吸取教训，找了个正规大医院，看的是专家号。

专家单独留下爷爷聊了很久。

出来时，爷爷耷拉着头。

他看到坐在外面的我，又朝我笑："医生说没什么大事，你别担心。随着你慢慢长大，会越来越好。"

从那以后，爷爷总是每攒到一笔钱，就忙不迭带我去看。

看过西医看中医，吃过西药吃中药，但我的身体，没有太大的改善。

我在学校也是被特殊照顾的，从来不去上体育课，提水、擦玻璃这样的活也轮不到我。我收到了小迪的信。她在外地打工，有个同事跟我情况类似，她说同事在吃一种偏方，很有效，特意抄来给我。我还收到了李桉给我寄的礼物——一只毛茸茸的兔子玩偶。

他说："夜里抱着睡觉，很暖和。"

我还是沉默寡言，但遇到不懂的问题，我会觍着脸问老师，问刘彤，问每一个能问的人。

这里都是聪明人，学习进度很快，我又时不时去医院，经常会落下课程，纵使我倾尽全力，但成绩依然在班级下游。

又是一年除夕到，爸妈带着弟弟回来了。

腊月二十去赶集，妈妈给弟弟全身上下换了套新的，而我，什么都没有。不过爷爷给我买了件新棉袄，大红色的，喜庆又好看。

大年三十这晚，弟弟拉着我放摔炮。结果他调皮，把炮往我身上掼，红棉袄被炸了个洞。我当时就蒙了，抓着弟弟揍，揍得他嗷嗷哭。

妈妈听到哭声出来，一把将我推开，指责道："你做姐姐的，不会让着点！"

让让让，每次都是这样，好吃的让给他，好玩的让给他，父爱母爱也让给他。

我气得直掉眼泪："凭什么？是他先弄坏我衣服的，为什么每次都是我让他！”

妈妈很不耐烦：“大年三十你哭什么？也不嫌晦气。”

爷爷也出来了，看了看我衣服上的洞，叹气道：“算了，回头缝一下，洞也不大，金华是你弟弟，不能动手……”

无尽的委屈席卷了我，我朝他咆哮：“爷爷，连您也更喜欢弟弟吗？”

我可以接受全世界都偏爱弟弟，可我不能承受，爷爷也更爱他。

那样，我就一无所有了吧。

我埋头往外冲，爷爷追了上来。

大年夜，家家户户亮着灯，乡间的路亦是光芒点点。

爷爷拽住我，说话间吐出团团白雾：“医生说，你这病可能以后不好生孩子。”他顿了顿，“你弟弟是血亲，好歹还能关照你。”

他摸着我的头：“玲玲，我肯定走得比你早，我是怕我走了后你跟弟弟不亲，那你在这世上就是孤零零的一个人……”

我伸手捂住他的嘴，眼泪止不住地掉：“大过年的，不许胡说。爷爷您不会死，您答应过我要活到一百岁的。”

这天晚上，金华推开我的门，递给我一个盒子：“这里是我的压岁钱，你拿去买件新衣服。”

我已经不气了：“算了，补补就行了。”

弟弟在我桌边徘徊良久，失落地说：“姐姐，我觉得爷爷不喜欢我，他只喜欢你。”

“但爸爸妈妈更爱你啊。”

也就是这一瞬，我突然释然了。

或许我们这辈子得到的爱，都是定量的。我得到爷爷全部的爱，所以不能再奢求爸妈也爱我。金华得到了爸妈的爱，所以爷爷不会那么爱他。

终其一生，我们能得到一个人全然无私的爱，已经是幸运至极。

或许是想通了这一层，我思想上的负担轻了很多，学习起来也比以前要得心应手。

病还是在继续看，市里的医院走了个遍，爷爷又带我去省里的大医院。他的背越来越弯，头上的白发更多了。

可我只要一提“算了，不看了”，他就很生气：“怎么能不看？你还这么小，世上医院这么多，我就不信没有能治好你的医生！”

妈妈偶尔也会给我打电话，但抱怨居多。

“你这身体，我们连卫生巾钱都快负担不起了。”

村里很多人劝爷爷。

“算了，一个女娃，你供她吃穿读书就算了，拼了这条老命花这么多钱给她看病，值得不？”

“三天两头看病，还耽误学习，现在成绩也不好。”

“到时候大学没考上，钱还没了，你是竹篮打水一场空。”

就连爸妈也打了退堂鼓：“就你这成绩，能不能考上大学？

“要是考不上，干脆别读了，在市里读高中，一年也得不少钱。”

爷爷跳着脚骂他们：“闭嘴！只差最后一年了，不管怎样都要等她高考后再说。再说，大部分的钱都是我花的，你们没资格说三道四。”

高三那年，爷爷找到了一个中医，医院可以把药熬好密封，每次喝的时候隔水加热一下。每个月都要去检查一次然后重新开药。

月事还是不规律，有时两个月不来，有时一个月来两次。

但基本两周内能自行止住，腹痛的情况也有所改善，算是取得了疗效。

我也听从医生的建议。学习的时候，心无旁骛，全力以赴。到了该休息的时候，就一定要休息。绝不能点灯熬油，提前透支。我每天都要吃一份蒸鸡蛋，隔一天吃份荤菜。只有营养跟上，脑子才能清醒。

现在省钱，就是在消磨过去数年的努力。

我像是一块干枯的海绵，拼命地在知识的海洋里吸水，恨不得把自己撑爆，只盼着能在高考的天平上，重一点，再重一点。

所有人都在努力，你往前，别人也在往前。

我的成绩，从班级第五十名，到班级第四十五名，到班级第四十名，到班级第三十名……每上升一个名次，都要竭尽全力。

而高考这座独木桥，我要挤走的对手更多。

可我必须要成功。我盼着时间慢点走，让我把所有的缺失都补上。我又希望时间快点走，只要进了大学，爷爷就会轻松一些。

高考的战车滚滚而来。

鉴于我情况特殊，医生提前给我开了药，按照医嘱吃下去，高考那几天就不会来例假。我的运气不错，考场就分配在本校。

天公作美，那两天是阴天，一点都不热。

等待老师发试卷时，我想起之前爷爷带我去省城看病，下了大巴，我们坐地铁去医院。在地铁上，爷爷搓着腿，有点骄傲："我字不认识几个，但坐过火车，坐过地铁，这辈子只有飞机没坐过了！不知道有没有机会上天看看！"

"当然有，我以后带您坐飞机！"

爷爷摆摆手："算了，飞机票这么贵。"

爷爷，我不是说说而已，我是真的想带您去看看，看看大好河山，看看高楼大厦，看看世间芳华……

开考铃响起，我低头答题，心中默念：爷爷，您等我呀！

最后一场考完，我直接回宿舍收拾行李。

没一会儿，宿管来找我，道："你爷爷在大门口。"

他怎么过来了？

我赶紧扔下东西跑到校门口。

学生们都走了，刚才拥挤喧闹的校门口，此刻人影寥寥。爷爷背着帆布袋，蹲在马路边的垃圾桶边，点了一根石狮烟在抽。他抽几口，就举起手把烟灰敲弹进垃圾桶里。

夕阳西下，晚霞的柔光包裹住他。

我竟然没发现，到底是什么时候呢，爷爷的头发，竟然已经全都白了！

我哽咽着上前，叫了一声："爷爷……"

他回头看到我，粲然一笑，三两口把手里的烟吸完，快步走上前："玲玲，我把家里的三十只鸡卖了，明天带你去看病。"

我伸手，一把抱住他。

爷爷好瘦啊。

他怎么这么矮？

我记忆里，他一直比我高很多很多的。

"爷爷，你都不问我考得怎么样吗？"

"考都考完了，好不好的也无所谓了。"他拘束地拍拍我的背，"快松开，我一身灰，别把你弄脏了。"

出成绩那天，爷爷一早就去给村里修路了。夏日酷热，我十一点熬好凉茶去送给他喝，听到好多人都在打趣他。

"挖心挖肺供孙女读书，能考上一本不？"

"现在不比以前了，考个二本可没什么用！"

“玲玲那身体，我看是没多大戏。”

“这几年为了玲玲，彭老头你花了多少钱，以后能回本不？”

“别到时候竹篮打水一场空！”

爷爷停下锄头，擦了把汗：“你们懂个屁！玲玲不知道多懂事，考不考得上大学，她以后都会孝顺我！”

说着，他眼角的余光看到了我，立马得意扬扬起来：“看，我孙女来给我送凉茶了，你们孙子孙女有这么好没？”

凉茶我熬了一大壶，给叔伯婶子们也分了点。

村主任摘下草帽，躲在树荫下扇风，问：“快出成绩了吧？”

我点点头。

“那你别急着回去，一会儿就在这里查！”村主任给我也扇了几下，“叔伯婶子爱开玩笑，其实都关心你，盼着你有出息，不辜负你爷爷的辛苦。”

其他人纷纷附和。

“是的，是的，村主任说得是。”

“查完分再回去吧。”

我正好也想帮爷爷干点活，结果爷爷狠狠瞪我一眼：“一边去，你这柳树枝一样的胳膊，做得了这样的重活？别在这里碍眼！”

我坐在树荫下等啊等，头顶的蝉吵个不停。

终于，村主任一声令下：“好了，十二点了，等玲玲查完分数，我们也散了。”

爷爷从腰上的手机皮包里取出手机递给我，手还有点抖：“快快，查查看！”

大家都凑了过来。

我一个键一个键输入准考证号。

额上已经热汗滚滚，外放的机械女声听起来很失真。

“……总分 596 分。”

蝉太吵了，耳朵嗡嗡作响，我已经听不清了。

爷爷几乎把耳朵贴在手机上：“多少？我听着好像是 596 分，我没听错吧？”

“再放一遍，再放一遍！”

没听错，就是 596 分。

那一年理科一本线是 536 分。我的分数，够不上“985”院校，但上一所“211”院校不成问题。

爷爷眼睛都红了，抬手狠狠擦了两把：“玲玲，你考了 596 分。我就知道你一定行！”说着，他又哽咽了，“你中考是全县第二，要不是这个病拖累你，说不定你能考得更好。

“是爷爷没本事，爷爷要是能赚大钱，你……你……”

我握住他的手，他的手心全是汗水。

我朝他笑道：“已经很好了。爷爷，要不是您，别说考大学，我连高中可能都没法读！”

谢谢您，爷爷。

谢谢您，骑着三轮车拉我去打针。

谢谢您，奔赴千里带我回家。

谢谢您，在天台叫住了差点飞起的我。

谢谢您一次又一次，带我辗转各家医院。

谢谢您的无数只乌鸡。

谢谢您夜以继日地努力赚钱。

谢谢您，从未有一刻，放弃过我。

但凡您有一刻的迟疑、一次松懈，都不会有现在的我。

05

“这么高的分数，玲玲已经很厉害了。”

“要不是你一直扶着她，她能考今天这分数？”

“做爷爷做到你这个份上，全县都找不出第二个了。”

爷爷擦了几把眼泪，扛起锄头露出笑脸：“中午都去我家吃吧，我杀两只鸡！”

村主任哈哈一笑：“去，有鸡肉吃还不去！

“下午这路就不修了，今天中午我陪彭叔您喝两杯！”

大娘婶子们帮着杀鸡烧菜，男人们则凑在一起，就着几碟干花生先喝上了。

我在灶下烧火，灶火把我的脸我的心都烧得滚烫。干竹子烧的时候会发出噼啪作响的爆破声，以前我有点害怕这个声音，现在它听上去却如此美妙。

这是你们为我奏响的乐章吧。

诚如爷爷所说，如果不是这副身体，或许我可以飞得更高。可如果不是病恹恹，老天爷或许就不会用聪明的脑袋来补偿我。

失之东隅，收之桑榆。

世间之事，大抵如此。

我最后填了省城的一所“211”院校，主要是离家近，可以经常回来看爷爷。

录取通知书下来后，爷爷摆喜酒，亲朋好友都过来了，连爸妈都跟厂里请假回来了。

开席之前，村主任道：“请我们今天的主角——大学生彭玲作为过来人，给其他学生说几句吧。”

我被推到村主任身边。

忙碌待客的爷爷停下了手里的动作，满脸欣慰，眼眶湿润地看着我。

我深吸一口气，开口道："我想告诉大家，我们这样的孩子，唯有读书是最可靠的改变人生的法子，一定要努力！"

我笑着，眼泪却忍不住涌出来："还有，我想谢谢一些人。

"谢谢爷爷，始终没有放弃我，一直支持我！

"谢谢所有对我好的老师，谢谢姑姑，谢谢村主任，谢谢各位帮助过我的大娘婶子……"

爸妈坐在人群中，笑嘻嘻地挺直了腰杆，双目期盼。

但我视线迅速扫过，擦干了眼泪："就说到这里，大家赶紧吃饭吧！"

妈妈的脸迅速垮了下来。

我下来后，她拽住我的胳膊："难道我跟你爸不值得感谢一下？"

"感谢什么？"我轻声问，"感谢你们不闻不问吗？"

妈妈眼睛一瞪："要不是我跟你爸从小锻炼你独立，你能有现在的出息？"

我冷笑一声："那你们训练得很成功，我很独立，也满十八岁了，以后大概不需要你们了。"

爸妈差点被气死。其实我心里清楚，这三年看病，爸妈多有怨言，但多多少少出了钱。他们若是抛下工作陪我，那生活如何维持？但还是忍不住会失落吧。为什么弟弟得到的比我多那么多？

好在这时，爷爷朝我招手。

他低声说："厨房红烧肉做好了，我给你选了几块最好的，快去吃吧。"

我低落的心情一扫而空。

是的，我有爷爷，有他就够了。

爷爷这天喝多了。

大家都说他养对了人，马上就能享福了。

爷爷舌头都大了："我不要享她什么福，只盼着她健健康康，以后能结婚，再生个自己的孩子……"

我把头别过去，极力忍着不哭。他还是担忧，怕我生不了孩子，怕我在这世上会是孤零零一个人。

所以爷爷，您一定要活久一些。有您为伴，我又怎会孤独？

大学在省城，看病方便许多。

但很奇怪，我的例假竟然慢慢好了许多，每次都能在十天内自行结束，而且一个月来两次的情况比较少见。而且只有头两天会腹痛，比以前大有改善。医生说，可能是因为我成年了，身体各方面机能都趋于完善。

另外，没有了准备高考时的高强度学习，我的精神压力也小了。只是生育上，大约比一般人要艰难许多，这倒不是我目前会考虑的事。

大学的学费是贷款的，生活费第一个月妈妈给了五百，爷爷又偷偷塞给我一千。

"要吃好喝好，别亏了身体。假如有不舒服，马上就要去医院看病。钱不够你就给我打电话。"

我跟爷爷说："我可以做兼职养活自己，您也该休息了。"

可他闲不住，有工头叫他，他立马乐颠颠地去了。

"我做事就好好的，一停下来就全身是病。你让我天天在家躺着，我很难受的。”

放寒假，我兼职做家教，一直到腊月二十七才回去。

晚上十一点从村口下了大巴，爷爷迎上来帮我拿包：“玲玲。”

天很冷，他鼻头冻得红红的。

“爷爷，您一直在这儿等啊？”

“我刚来！”

结果走到半路碰到村主任，村主任说：“你爷爷知道你今天回，天还没亮就在村口等了。”

爷爷憨憨地笑了下：“八点，我八点多才出门。”

到了家，我打开包开始掏东西：“爷爷，这是给您买的小蛋糕。”

爷爷年纪大了，牙口不好，爱吃点软和的。他每次都是自己拿着鸡蛋和面粉，去镇上的蛋糕厂加工，这样便宜，但蛋糕做出来不够喧软，不太好吃。

我是从省城蛋糕店买的，特别软和。

果然，爷爷吃了一块后，惊讶道：“这个蛋糕怎么比棉花还软？是不是很贵？”

“不贵，五块钱一盒。”

其实是十五。

我又拿出给爷爷买的毛靴。

爷爷惊叹不止：“这个好暖和，好多钱？”

“四十！”

其实是一百四。

爷爷皱着眉道：“有点子贵。”

我笑道：“那您天天穿，多穿几年就回本了。”

我还给爷爷买了件黑色的羽绒服。

爷爷摇头："这么轻，冬天穿会冻死吧！"

"您试试看。"

爷爷脱下又旧又厚的老棉袄，穿上我买的羽绒服，还特意跑到外面溜达了几圈。

他很兴奋："以前带你去看病，在省城看到大冬天那些人穿得那么薄，我还奇怪他们怎么不怕冷，原来是这羽绒服又轻又暖和！这个得不少钱吧？"

"五十块！"

爷爷反复摸了摸："还好，不算太贵。"

下午他穿着羽绒服、蹬着毛靴满村溜达，逢人就说羽绒服五十块，毛靴四十块，说我买的东西又便宜又好。结果几个不明真相的大娘跑来问我在哪里买的，我只好说是店铺打折清货，现在已经卖光了。

第二天他又换上了自己的旧衣服。

"爷爷，我给您买的怎么不穿？"我问道。

"过年再穿！"

很快就是大年三十，吃过年夜饭后，爷爷把我叫到屋子里，递给我一张农村合作信用社的卡。

爷爷压低声音道："以后爷爷的钱都存在这卡里，密码是你生日，940904。这是我给你存的嫁妆，假如我……"

我一把捂住他的嘴，很生气道："大过年的，不许胡说！您答应过我要活到一百岁的！"

爷爷笑了，眼角全是密密的褶子："好，好，密码你记住就行。走，出去看晚会。"

他转身出去时不小心绊到门槛，还好我眼疾手快，扶住了他。晚会看到一半，爷爷靠在沙发上睡着了。

爷爷老了，精神头大不如前。

我这半年忙着做家教赚钱，周末也很少回来。当初选省城的学校，就是为了能经常回来看他，可是我却没有做到。

这样不行，我得找到更合适的赚钱办法。

开学后的一天，室长花花的话让我有了灵感。

“我过年在家追一本小说，花了八十多块钱，追到现在还没结局呢。

“那个小说好火，那个作者肯定赚爆了。”

八十多块钱，对于一个学生来说不是小钱。我从小到大语文成绩一直不错，高中时还在杂志上发表过文章。

或许我也可以试试。

一开始我追小说，都是跟着花花看。她买了什么小说，我就跟着看什么小说。又或者只看免费的内容，看看她们怎么开头，怎么调动情绪，怎么安排剧情，怎么控制节奏，怎么吊人胃口。

这期间，我的家教兼职也没停。

一个多月后，我正式注册账号，开始写小说。

第一本写了五六万字，无人问津。

花花说是我的废话太多。

于是我换了个“马甲”，重新开始。

到大一结束，我拿到了人生第一笔小说稿费——三百块。

后来，我的小说上了一次推荐位，那个月的稿费足足有三千块钱。

当时我还以为网站编辑搞错了，傻乎乎跑去问。

我估计她是忍着翻白眼的冲动告诉我：“你这个文上这个推

荐位，差不多就是这么多稿费。”

从那个月开始，我的稿费上涨了很多，比做家教赚得还多。到了大一暑假，正好之前教的学生初中毕业，我就辞去了家教的工作，早早回家。

这次我没有提前给爷爷打电话，省得他等我。到家时，爷爷正在吃午饭。偌大的堂屋，他孤零零一个人坐着。一碗白米饭，一碟拌黄瓜，就是他的午饭。

他低着头扒拉米饭，扒着扒着，长长地叹口气。

我的眼眶一下就红了，叫了一声：“爷爷。”

爷爷猛地抬头，看到我后揉揉眼睛，霍地一下站起来：“玲玲回来了？吃过饭了吗？

“饿不饿？爷爷去杀鸡！

“爷爷过完年捉的乌鸡崽，现在能吃了。

“你要是饿，房间里有你表舅过节送的牛奶，我特意留给你喝的。”

他去厨房忙活，我去房间找牛奶。零食整整齐齐摆在那儿。爷爷舍不得吃，一直想留给我，留着都过期了，他也不知道。

爷爷用的手机是爸爸淘汰下来的，在年前就坏了，他也舍不得买新的。这次我给他买了个智能手机，教他怎么给我打视频电话。

我站在院子里，看着他眯着眼将整张脸贴在镜头前，用超大的嗓门吼：“玲玲，你能看到我吗？”

“能看到能看到，您把手机拿远点。”

爷爷很头大：“这么高科技的玩意儿，我玩不好，这字我都不认识几个。”

“但您学会了，以后我在学校您也能天天看到我。”

听完，爷爷立马戴上老花镜：“我再试试！”

“先点开这个绿色的圆圈，再找到你，再……”

“再什么来着？”

我教了他一遍又一遍，他还是不熟练：“没关系，多用用就好了。”

下午我在家打扫卫生，爷爷出去疏通水渠，没一会儿我的手机响起了视频电话的铃声。

接起后，手机里是爷爷红光满面的脸。

他对着那群老伙伴炫耀道：“看到没？玲玲在手机里面。我就说能见面吧，你们还不信。”

从大二开始，我就没有再做家教，除了学习，主要的精力就放在写小说上。平常稿费稳定在三千以上，如果上了不错的推荐，稿费能达到一两万。我买了笔记本电脑，一有空就坐大巴回家陪爷爷。

爷爷一面很开心，一面又说我：“你还是要好好学习，成天往家里跑算什么事？”

到了大三，很多人都开始准备考研。

爸爸和妈妈并不支持我：“早点出来工作算了，还读什么研究生。”

爷爷却说：“你想读就读，多读书总没坏处。现在手机里都说了，大学生不值钱。”

他现在已经能熟练使用智能手机，天天在床上刷短视频刷到晚上十一点还不睡，属实是网瘾老年。

室友们都劝我：“你不考研简直浪费！”

因为要准备考试，我便减少了回家次数。那一年，我基本是三点一线，食堂、图书馆和教室。爷爷怕影响我学习，很少给我打视频。不过村里也通了快递，我隔三岔五会买点东西寄回去。爷爷每次收到都会发消息给我，让我别浪费钱。

每次我问他最近怎么样，他总说好得很，让我别担心。

考前两个月，爷爷手机的摄像头坏了，每次都是给我打语音电话。

临开考，爷爷打电话问我："准备得怎么样了？"

"还行。"

"别有负担。能考上最好，考不上咱们明年再考一年，不是什么大事。"

"好！"

爷爷追问道："那你考完后就回来吧？"

"爷爷，您是不是有什么事？"

爷爷摇头道："没事，就是想你了。你别担心，爷爷好得很！

"等你回来，爷爷给你煲乌鸡汤。"

然而等我考完最后一场出来，接到妈妈的电话。

"考完了吧？你快过来吧，你爷爷现在在县医院。"

我的脑子当场就炸了。等我赶到医院看到爷爷，眼泪更是止不住地往下掉。

他瘦了好多，整个人皮包骨，脸颊都凹陷了进去。

他举起打吊瓶的手，轻轻抚摸我的脸："哭什么？我这不好好的吗？"

一点都不好。

医生说他是胃癌，属于二期。好在我们省内就有医院，在胃癌治疗方面很权威，如果送去救治，能有极大的存活率，后续好好保养，能活五年以上。

妈妈着急地问："那得要多少钱？"

医生开口解释道："据我估算，前期至少得准备八万吧，不过后续能报销一些，自费的部分也不多。"

妈妈深深叹气道："八万，去哪里弄这么多钱？"

姑姑也赶到了，她叹了口气："老刘这几年腰不好，两个孩子读书也要钱，我拿不出这么多，顶多能凑个四万块。"

我赶紧道："我有，我来想办法。"

就在这时，身后传来爷爷的声音："不治了，我不治了！玲玲，你去给我办出院。"

我追着他进了病房，按住他想要收拾行李的手："爷爷，治，咱们一定要治。

"您答应过我的，要活到一百岁，要看我结婚、生孩子、当奶奶，您不能说话不算数。"

我握着他的手，泣不成声。

爷爷眼泪也滚了下来。

"但是爷爷老了，不值得浪费钱，你一辈子还很长，爷爷不想成为你的负担。"

我使劲摇头："爷爷，您不是我的负担。您是我的依靠，是我的港湾，有您我才有家。

"您不在了，我就是孤零零的一个人。

"我这么努力读书赚钱，就是为了现在，为了爷爷您需要钱的时候，我能拿得出来。"

爷爷被我说服了，手术费全是我出的。

姑姑这几年也很不容易。

小时候，爸妈总说姑姑瞧不起我们一家。的确如此，但那会儿初高中我身体弱，姑姑也问过很多人，给我找了很多偏方。每次爷爷带我看病，也是她送爷爷上的大巴。

妈妈很惊讶，问道："你读着书赚了这么多钱？你爷爷都这把年纪了，做了手术也不一定能活，何必……"

我怒视她："你闭嘴！爷爷一定会活着，一定会！"

医生帮爷爷转去了最好的医院。这一年的新年，我们是在医院里度过的，春节后医生很快安排了手术。

天可怜见，手术很成功。

虽然爷爷的胃被切除了一部分，以后吃东西会受影响，但命是保住了，只要遵照医嘱好好休养，他能多活好些年。

出院时，爷爷看着长长的单子叹气："玲玲，爷爷老了，成了你的负担了。"

我挽着他笑道："我小的时候也是爷爷的负担，但爷爷您从来没有放弃过我。"

爷爷笑了。

冬日的暖阳里，他嘴角每一道皱纹都是温柔的弧度："好，为了玲玲，爷爷也一定不放弃，多活几年。"

爷爷出院的那天，正是大晴天。

菜园里的那株玫瑰，底部抽出了许多芽。不久后，它就会枝繁叶茂，开出绚烂的花。

其实，每个女孩成长的过程中，都会遭遇许多的恶意。

就像是玫瑰，会有白粉病、蚜虫、蓟马……你必须定期打药，小心呵护，最后它才能开出灿烂惹眼的花。

我就是一株玫瑰，是爷爷用爱日日浇灌，时刻留意我的状态，我才重获新生，繁花簇簇。

06

在爷爷治疗期间，我的考研成绩也出来了。我以专业第二名的初试成绩顺利过线。随后的复试也很顺利，成功选到了我心仪的导师。

我选的学校是省城的一所“985”院校。

室友曾问过我，为什么不去更好的学校，可以去更大的城市看看。可更大的城市里，没有爷爷呀。

本来想给爷爷在学校附近租个房子，这样看病和相聚都更方便，但爷爷故土难离，还是更喜欢待在乡下。

于是我买了辆二手车，周五下午没课就能开车回去，周一上午再开车回来。

我开着车，带他去吃两百块钱一位的海鲜自助餐，骗他说三十块钱一个人。

爷爷吃不了多少，都只能尝尝味，一时间懊悔不已：“花了三十块钱，我都没吃上几口，浪费钱。”

我给他买了新款手机，他学会了在网上跟人下象棋，瘾大得很。我只能给他设置晚上十点半自动关机。他找了村里好些人，想解除这个限制。好在我提前打过招呼，村里也没人帮他。

不管遇到什么好吃的，我都会给他买一份，就像是以前，他总是会把好吃的留给我。

我带爷爷坐飞机去旅游，为了让爷爷舒服一些，特意买了商务舱。

空姐推来食物，问他需要什么。

他凑过来不安地问我：“这个要收钱吗？”

我摇摇头道：“不收钱！”

他顿时放松了："那都给我来一份，我尝尝味。"

回村以后，就坐飞机这事，他跟村里人吹了两个月的牛。

"玲玲就是聪明，给我抢的特价票，才一百块钱就坐了飞机，还是蛮值得！"

他还是闲不住，把菜园子又刨了。

爷爷看见我就小心翼翼地解释道："我没有干什么重活，实在是闲不住。现在种点菜秧子，过几个月就能吃了。"

的确，几个月后，我吃上了爷爷种的辣椒、黄瓜、茄子、豆角。

他得意扬扬道："整个村里就我种的黄瓜、豆角结得最好。下半年我还是种点稻子吧，家里那么多田都要荒了……"

看我慢慢放下筷子，爷爷呵呵一笑："不种了，不种了，身体要紧，身体要紧，我知道了。"

爷爷，您一定要长命百岁。

看我研究生毕业，找到好工作。

看我写的小说大卖。

看我和心爱的人结婚生子。

看我幸福一生，子孙满堂。